책마을해리, 보름살이 1

책마을해리, 보름살이 1

펴 낸 날/ 초판1쇄 2023년 1월 6일
지 은 이/ 신은미, 조재원, 류나윤, 이호연, 아이노아

펴 낸 곳/ 도서출판 기역
펴 낸 이/ 이대건
편   집/ 책마을해리

출판등록/ 2010년 8월 2일(제313-2010-236)
주   소/ 전북 고창군 해리면 월봉성산길 88 책마을해리
            경기도 파주시 회동길 363-8
문   의/ (대표전화)070-4175-0914, (전송)070-4209-1709

ISBN 979-11-91199-41-3 03810

책마을해리, 보름살이 1

신은미, 조재원, 류나윤, 이호연, 아이노아

함께지음

ㄱ

아니 땐 글뚝, 그림뚝에서는
연기도 책도 안 나는 이치

책 짓는 연기는 겨울 여름 가리지 않아요. 아니 땐 굴뚝에 연기 나랴! 지난 겨울, 그러니까 1월 중순은 되었네요. 거센 바닷바람이 가물가물한 이 한여름에 그때 군불로 살살 지핀 불 땀좋은 이야기가, 연기로 책으로 피어나고 있어요. 지난 겨울 청년책학교 보름의 생각, 이야기, 글과 이미지를 한 편의 책으로 담았어요. 시작부터 유별났던 이 책학교 이야기를 조금 보태보려고 해요. 시작은 작년 말 롯데출판문화대상 본상 수상으로 거슬러 올라가요.

『평화인물전』이라는 500쪽 가까운 두꺼운, 책마을해리 출판브랜드 도서출판기역에서 낸 책이 본상을 받았어요. 저자 김재신 박사와 출판사에 나란히 1,000만원(세금 떼면 작아져요)씩 꽤 큰 상금이 도착했어요. 뭘 할까, 책마을해리 식구들과 고민한 끝에 겨울 시즌 책학교에 대폭 지원해서 참가비는 상징적인 비용만 받도록 하자,였어요. 그렇게 전국에서 모인 청년들(아쉽게 몇 청년은 글그림을 마무리못했지만요)과 시작한 겨울 청년책학교. 그 보름의 이야기가 이렇게 작정하고 땐 굴뚝의 연기로 몽글 피어난 것이에요.

연기는 모습이 정해지지 않고 천변만화(千變萬化), 변하기 마련이죠. 스물 갓 넘은 친구부터 이제 청년기 마지막을 누리는 비교적 청년까지 살아온 살아갈, 언제는 변화하는 그 생각들을 서로의 말과 말로 이어내었어요. 마침내는 닻을 내리듯 글로요, 그림으로요. 그 보름의 흔적을 이렇게 차곡 개켜보았어요. 작지만 고슬고슬 글과 그림에서 말로, 생각으로 되짚는 길을 소올소올 걸어보세요. 지척인 듯 책마을해리와 그 청년들의 보름이 느껴지실 거예요. 고마워요. 함께 거센 폭설을 뚫고 바다까지 기세등등 걸음을 이어준 푸른 여러분, 응원방문으로 말벗이 되어준, 몇분의 친구샘들, 함께 곁 지켜준 책마을 식구들. 고마워요. 롯데출판문화상에도 고마움 전해요. 참, 고마움투성이로 태어난 책, 아낌없이 보아주세요.

2022 겨울, 책마을해리 촌장 이대건 불땜

차례

보름살이 1

© Ainhoa

신은미(쌤)

아버지 일 때문에 경상남도 거제도에서 태어났다. 다섯 살 때 인천으로 올라와 유치원부터 초중고를 모두 인천에서 보냈다. 인천예고와 성신여대에서 동양화를 전공했고 대학 졸업 이후에 벽화, 일러스트, 미술학원 교사 등 다양한 그림 관련 일들을 경험했지만, 매번 일에 대한 아쉬움이 느껴져 고민 끝에 가장 잘하고 좋아하는 한국화로 라이브페인팅 공연을 만들게 됐다.

만든 걸 알리기 위해 홀로 공연을 하며 약 두 달간 무전 전국 일주를 했는데, 이것은 삶의 큰 전환점이 되었다. 여행 중 방문했던 전주가 좋아 보여서 무작정 내려가 2년 동안 한옥마을에서 공방을 운영했다. 그때 전북일보에 칼럼을 기고하며 처음 글을 써보기도 하고 방송 활동도 했다. 이후 다시 서울로 올라와서 다양한 활동들을 이어가고 있다.

코로나로 공연이 줄어들어 작품 활동에 집중하여 개인전을 열었고, 현재 공연과 전시를 병행하고 있다. 직업 만족도가 매우 높다. 원래도 한복을 좋아했는데 한국화가라는 직업을 핑계로 한복을 자주 입을 수 있는 것도 장점 중 하나다.

혼자 하는 여행을 좋아하고 꿈을 많이 꾸는 편이라 글이나 그림을 그리는데, 이 두 가지에서 많은 영감을 얻는다. 하고 싶은 일들과 게으름이 충돌 중일 때가 많은 INFP이다. 현재 세계 진출을 기다리는 중이다.

해리에는 무언가가 있다

해리에 오다

운영하고 있는 곳이 맞나 싶을 만큼 물건도, 사람도 없는 낡은 건물 앞에 내려졌다. 텅 빈 매점이나 바닥에 나뒹구는 구겨진 종이 따위를 보니 불안감이 엄습해온다. 어찌할 바를 모르고 초조하게 서 있자니 잠시 후 할머니 한 분이 터미널로 천천히 들어오셨다. 약간 안심이 된다.

이미 한 차례 버스를 갈아타고 왔지만 한 번의 환승이 더 남았기에, 방금 도착한 해리버스터미널에서 책마을해리로 향하는 버스 시간표를 확인해본다. 버스가 두 시간 후에나 있다고 한다. 약속 시각이 얼마 남지 않아 어쩌나 고민을 하다가 결국 책마을해리에 연락했고, 픽업을 와주시기로 했다. 불안감에 달싹이며 내내 바깥을 살피다 그제야 겨울바람의 뾰족함이 느껴져서 실내로 들어갔다. 앉아 계시던 할머니가 나에게 쉬어 가라며 손짓하신다. 조심스레 옆자리에 앉으니 딱딱한 의자에서 예상치 않은 온기가 느껴진다. 이 시골 터미널이 운영 중이라는 유일한 증거이기도 한 온돌의자가 묵묵히 내가 해리에 온 것을 반기고 있었다. 해리가 시골 터미널의 따뜻한 온돌의자 같은 곳이길 바랐다.

해리의 수호신들

책마을해리 가장자리 한편에 웬 돌덩이 하나가 놓여있다. 위치가 참 묘하다. 책마을해리가 학교였을 때, 이 학교를 세운 설립자 동상 같은 것이 있을법한 공들여 만든 커다란 단상 위에 말이다. 혹시 동상의 윗부분은 떨어져 나가고 발 부분 같은 게 남은 건가 싶어서 자세히 봤지만, 정말 그냥 돌이다. 어디에나 있을법한.

단상의 각 면에는 동판에 새겨진 글이 있는데, 가장 잘 보이는 앞쪽 면에 쓰인 첫 문장을 보니 '아!' 하고 이해가 됐다.

자연보호헌장 > 1. 자연을 사랑하고 환경을 보호하는 일은 국가나 공공단체를 비롯한 모든 국민의 의무다. ….

초등학교에 있는 동상들(나는 이들을 학교의 수호신이라고 부른다), 보통 세종대왕이나 이순신 장군이 서 있는데, 이곳엔 총 아홉 마리의 동물 수호신이 있다. 특이하다고 생각했는데 무엇이 중요한지 깨닫기를 바랐던 설립자의 마음이 느껴졌다. 수학이나 영어 이전에 우리는 자연을 먼저 알아야 한다.

13

해리의 플라타너스

어린아이라면 누구나 꿈꿨을(나는 아직도 꿈꾸고 있는) 나무 위 작은 오두막에 가장 먼저 눈길이 닿았다. 마치 허클베리 핀이 된 기분으로 계단을 오른다. 생각보다 널찍한 내부공간에는 1월의 서늘한 공기가 가득 차 있었다.

사실 계단을 오르면서부터 나는 이미 나무집보다 그 집을 받쳐주고 있는 플라타너스 나무에 마음을 빼앗겨 버렸다. 양팔을 한껏 펼쳐 안아도 품에 다 들어오지 않을 굵다란 기둥을 따라 그것과 닮은 듬직한 가지들이 뻗어 나오고 함께 계단을 타고 올라간 뒤 오두막을 그대로 관통해서 하늘까지 솟아있었다.

바닥의 구멍 사이를 비집고 올라온 듯한 나무줄기가 온기 없는 공간에 생명력을 불어넣어주고 있었다. 오랜 시간 동안 지혜롭게 담아왔을 숨결이다. 줄기에 손을 살며시 맞대어 본다. 차갑지만 따뜻하다. 이 따뜻함이 봄이 오면 어떤 모양새로 터져 나올지 설레기 시작했다. 찾아오는 친구들을 위해 예쁘고 고운 잎들을 기꺼이 틔워줄 것이다.

부엉호 3528

엄청난 존재감을 드러내며 자신을 봐주길 눈에 불을 켜고 기다리는 듯한 이 녀석은 20여 년 전 책마을해리에 불시착한 부엉호 3528이다. 방향키가 고장나는 바람에 먼 우주에서부터 이곳까지 오게 된 부엉호를 책마을해리 사람들은 친구로 받아들여 주었다. 사실 부엉호의 진짜 이름은 §εØ⟨ ⟨Σ인데, 사람들이 자꾸 부엉호라고 불렀다. 무슨 뜻인지도 모를 그 이름이 처음엔 싫었지만, 지금은 썩 마음에 드는 눈치다. 밤마다 날아와 제 머리에 앉아 노래를 부르는 부엉이와 친구가 되고부터였을까.

부엉호는 원래 우주에서 별들을 관리하는 일을 했다. 별자리가 삐뚤어지면 다시 자리를 잡아주거나 별들끼리 다툼이 생기면 화해할 수 있도록 중재하거나 은하수가 막힐 때 교통정리를 해주기도 했다. 가끔 길 잃은 아기별을 엄마별에게 데려다주기도 했는데 그때 가장 뿌듯했다고 한다.

부엉호는 자신의 일을 좋아했기 때문에 어서 빨리 우주로 가고 싶었다. 그래서 불시착했을 때부터 지금까지 잠시도 쉬지 않고 두 눈의 푸른 빛을 통해 우주로 지원요청 메시지를 보냈고 마침내 회신이 왔다. 도움을 주기 위해 지금 출발하니 지구까지 가려면 1,506년 정도 걸린다는 메시지다. 부엉호는 기뻤다. 지구 나이로 2억 살이 넘은 부엉호에게 그 정도 시간쯤은 아무것도 아니었다.

답변을 받은 후에도 부엉호는 우주를 향해 빛을 보내는 일을 멈추지 않는다. 자기가 잠시 자리를 비우는 동안 별자리가 흐트러지진 않는지, 별들끼리 또 싸우는 건 아닌지, 새로 태어난 아기별이 길을 잃진 않을지 걱정이 되기 때문이다. 빛을 보내 삐뚤어진 별자리에게 자리를 다시 가르쳐주기도 하고, 사이좋게 지내는지 지켜보기도 하고, 엄마를 찾는 아기별에게 엄마의 위치를 알려주기도 한다.

부엉호는 별들을 위해 계속 일할 수 있어서 행복하다고 한다. 지금도 하늘을 향해 두 눈을 푸른빛으로 밝히고 있다.

해리의 친구들

다다(6세, 우)

사람을 좋아하는 듯 보이지만, 가질 수 없는 매력의 고등어무늬 코숏 산책냥이. 평소엔 잘 안 보이는데 사람들이 모여있으면 어느샌가 나타나 중앙을 가로지른다. 시선을 즐기는 관종인 듯하다. 약간의 스킨십은 허용하지만 감질나서 더 애타게 만드는 팜므파탈.

구름(7세, 우)

롱다리와 잘록한 허리를 가진 견계의 모델핏 삽살개. 무엇 하나 보채지 않고 눈이 오나 바람이 부나 덤덤하게 자리를 지키고 있어서 되려 안쓰럽다. 감정 표현이 풍부하진 않지만,

꼬리의 분당 움직임으로 반가움의 정도를 알 수 있다. 밥 좀
잘 먹었으면 좋겠다.

뭉게(3세, ♂)

힘이 넘치고 사람 좋아하는 똥꼬발랄한 웰시코기. 구름이
를 쓰다듬고 있으면 저 멀리서 질투하듯 나를 부르며 쳐다
보고 있어 다가가지 않을 수 없
게 만든다. 발랄함이 조금 과해
서 가까이 갈 때 옷은 포기하는
것이 좋다. 하지만 그만큼 내가
좋다고 넘치게 표현해주니, 결국은
그 사랑스러움에 빠지게 된다.

해리의 기억

　동화 '아기 돼지 삼 형제'의 돼지들처럼 "어떤 집을 지을
래?" 하고 묻는다면 고민이 좀 될 것 같다. 짚으로 만든 집
은 어릴 적 놀러 가던 외할머니의 초가집 같은 향수가 느껴
져서 좋고, 통나무집은 내가 좋아하는 전나무 숲속 한가운
데 놓여 있으면 그림처럼 예쁠 것 같아서 좋고, 벽돌집은 고
풍스러운 운치가 있어서 좋다. 물론 어디까지나 디자인적
요소로 볼 때의 이야기다. 내가 늑대에게 잡아먹힐 일은 없
으니까.

　초가집 처마 밑에 지어진 제비집 바깥으로 입을 한껏 벌리
고 있는 새끼 제비들의 사랑스러움이 생각나서 초가집으로
할까 하다가 아니다, 하고 붉은 벽돌집을 반쯤 에워싼 담쟁
이덩굴을 떠올렸다. 여름날 푸르던 담쟁이 잎은 가을이 되면
서 초록빛에서 노랑-붉은색으로 변하는 모든 과정을 보여
주는데, 마치 가을의 모든 색들이 한데 모여 축제를 하는 것
같다. 특별한 건 이런 사계절의 다양한 색들이 각각 빨간 벽
돌집과 절묘한 조화를 이룬다는 점이다. 계절마다 옷을 갈
아입는 건물인 것이다. 역시 벽돌집이 제일 좋겠다.

이렇게 엉뚱한 생각이 길어져 버린 건 모두 책마을해리의 본관, 책숲시간의숲 때문이다. 가장 잘 보이는 길쭉하게 생긴 이 건물이 그 붉은 벽돌로 만들어져 있다. 대개 옛날 초등학교 건물은 콘크리트를 덕지덕지 부어 굳힌 뒤 페인트를 칠한 모양새인데, 이곳 나성초등학교 설립자 선생님은 아마도 예술가셨나 보다. 이렇게 예쁜 초등학교라니. 시간이 지날수록 을씨년스러워지는 콘크리트 건물과는 다르게 벽돌 건축물은 세월이라는 양념이 더해져서 더 맛깔나게 멋스러워진다.

온기가 가시고 벽면에 찰싹 엉겨 붙어 말라버린 담쟁이덩굴을 보며 과거 영광을 누리던 때의 모습을 상상해본다. 복도 양옆을 빼곡히 채운 책들 대신 빼곡하게 늘어선 학생들이 방방거리는 모습들. 묵직하게 가라앉은 적막 대신 내 목소리가 들리지도 않을 만큼 사방에서 뿜어져 나오는 하이톤의 조잘거림. 성냥팔이 소녀의 불씨처럼 책을 펼치며 피어오르는 여트막한 먼지 너머로 희미하게 비춰본다.

시간이 머무는 곳

창에 걸린 블라인드가
들어오려는 햇빛을 예쁘
게 쪼개서 금박으로 글
자가 새겨진 빛바랜 양장본 전집에 빗살무늬

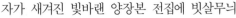

를 그려내고 있다. 짙은 파란색
날개의 투박한 선풍기와 못
난이 인형 세 자매, 다이얼을 돌려쓰는
빨간 유선 전화기에 비해 책상과 다
른 가구들은 비교적 반듯하다. 그
럴듯해 보이는 엔틱 소품이 전형적
으로 군데군데 놓여있다. 조금은 어리숙해 보이지만 이 공간
에는 모든 걸 아우르는 고유한 색채가 있다.

윤기 나는 흔들의자에 앉아 그 시절에는 최
첨단 기계였을 작은 TV까지 내장된 오디
오 장비에 비틀즈 카세트테이프를 넣어 듣
고 있다는 상상을 한다. 다섯 평쯤 되는 밀
폐된 공간이 주는 안정감에 흥얼거림이 점점

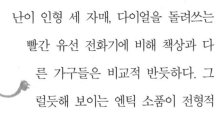

자연스러워진다. 한쪽 모퉁이가 벗겨진 벽 거울에 내 모습이 비쳐 보인다. 완벽하지 않은 이곳에 마음이 쓰이는 건 나와 닮아서일지도 모르겠다.

밖에서는 메타버스와 NFT를 이야기하고 있지만, 나는 지금 가장 고전적인 공간에서 가장 아날로그의 방법으로 시간을 담아간다. 결이 같은 친구를 만난 듯 이 고요가 편안하다. 함께 숨 쉬며 들어온 양분들을 꼭꼭 잘 소화시켜 나만의 언어가 되어 나오면 같은 마음으로 기뻐해 줄 것 같은 선한 공간, 고전읽기좋은방. 다락방 한가득 고이 모아 두고두고 꺼내 보면 언제나 마음을 다독여 줄 것 같은 그런 곳이다.

보름살이 2

© Ainhoa

조재원(키)

스물두 살에 본가인 김해를 떠나 3년은 가평에서, 스물다섯 살부터는 광주광역시에서 3년째 거주하고 있는 청년이다. 친구들이나 지인들에게는 '귀찮은 걸 싫어하는 사람'으로 이미지가 박혀있다. 가끔은 '사는 것은 안 귀찮나?'라는 질문을 받기도 한다. 좋아하거나 싫어하는 것도 마땅히 없다. 매우 중립적이며 흘러가는 대로 살아가는 청년이다.

자전거 페달을 밟고 나가

상하농원

"추운데 밖으로 나가시려고요?"

걸어서 상하농원을 갔다 온다고 했을 때 들은 말이다. 차 또는 자전거를 타는 다른 방법이 있었지만 걷는 것을 선택했다. 별다른 의미는 없었고 혼자 걷는 게 좋아서였다. 내가 혼자 걷는 것을 좋아하는 이유는 단순하다. 돈이 들어가지 않는 게 첫 번째이며, 두 번째로는 걸을 때만큼은 복잡하거나 귀찮은 생각이 들지 않기 때문이다. 그리고 '지금 아니면 이곳을 언제 걸어볼 수 있을까?'라는 생각이 들어서였다.

휴대폰에 출발지와 목적지를 입력하니 거리는 5킬로미터, 예상 소요 시간은 1시간 15분 정도가 찍혔다. 안내받은 길을 보니 큰 차도만 따라가면 되어서 길 잃어버릴 걱정은 없었다. 귀에 이어폰을 꽂고 출발했다. 하지만 걸은 지 얼마 지나지 않아서 이어폰을 가방에 넣었다. 지나가는 차 몇 대만 보일 뿐 걸어 다니는 사람은 보이지 않았기 때문이다. 노래를 크게 틀고 바보처럼 두리번거리며 계속 걸었다.

어림잡아 30분 정도 걸었을까. 복구마을회관 근처에서 마을 주민 두 분을 처음 보았다. 그리고 사람만 보이면 짖어대는 듯한 개들의 소리가 끊임없이 들렸다. 평소였으면 무심하게 '그냥 사람들이 움직이고, 개들이 짖는구나'라고 생각하며 지나쳤을 것이다. 하지만 모르는 분들이어도 그냥 반갑게 느껴졌다. 환경이 바뀌어서 그렇게 느꼈을 거라고 생각한다. 시야를 차단해버리는 고층 건물이 아닌 낡고 오래된 집, 크고 작은 저수지들이 자리 잡고 있으며, 귀에 거슬리는 차들의 경적소리와 공사장 소리는 개와 닭 같은 동물들이 대신 내주었다. 주민들은 느긋하고 여유롭게 보이며 이곳의 시간은 느리게 흘러가는 것처럼 보였다.

상하농원 도착 직전 도로 바로 옆 집에서 개 짖는 소리가 크게 들려왔다. 가까이 가서 지켜보는데 사람을 얼마나 좋아하는지 꼬리를 멈출 새 없이 흔들고 흙바닥에 뒹굴어대며 애교를 부렸다. 손을 핥는 건 물론 내 다리에 몸을 계속 문대었다. 잠시 놀아주고 돌아갈 때 또 놀아줘야겠다는 생각을 하고 상하농원에 갔다.

매표소에서 입장료를 내고 들어가자마자 한 가지 감정을 느꼈다. '아쉽다.' 밀, 보리를 키우는 텃밭이 수확을 마친 뒤로 텅텅 비어있어 횅하게 보였기 때문이다. 텃밭을 뒤로 한 채 길을 따라 사람들이 많이 모여 있는 곳으로 갔다. 양들이 지내고 있는 양떼목장이었다. 팸플릿에 '면양은 귀여운 모습과는 다르게 날쌘돌이 운동선수들이랍니다!'라고 소개되어 있다. 하지만 어린아이가 주는 당근, 펠릿을 받아먹거나, 울타리 밖으로 나와 풀을 뜯고 있는 모습밖에 보지 못했다. 입만 빠르게 움직이는 것처럼 보였다. 그래도 꼬질꼬질하고 순한 양들을 보다 보면 귀엽고 먹이를 주고 싶은 마음이 생길 수밖에 없는 것 같다. 양들에게 당근을 주고 나서 걸음을 옮겼다.

양떼목장에서 조금 더 안쪽에 있는 육성목장으로 향했다. 육성목장 입구 앞에는 꽃사슴 세 마리가 있다. 호기라는 꽃사슴은 '씩씩하고 호방한 기상', '호기심도 많은 사슴'이라는 뜻으로 SNS 응모를 통해 지어졌다고 한다. 꽃사슴들을 지나 육성목장 안으로 들어갔다. 이곳엔 염소, 토끼, 젖소 등 여러 동물들이 있었다. 육성목장에도 당근, 펠릿을 판매하고 있어 대부분의 아이들은 한 손에는 당근이 담긴 종이컵을 들고 다른 손으로 동물들에게 당근을 주는 모습이었다. 동물들도 밥 주는 사람을 잘 아는지 사람들이 앞으로 가면 당근을 달라는 듯 고개를 앞으로 내민다. 상하농원의 동물들은 운영시간 동안 먹는 것이 일인 것 같다.

한편에서는 젖소에게 우유를 주는 체험 프로그램이 진행되고 있었다. 한 아이가 우유 주는 모습을 볼 수 있었다. 젖소가 무서운지 몸은 뒤로 쭉 빼고 우유 통을 잡은 손만 앞으로 내민다. 우유 통을 본 어린 젖소들은 머리를 밀쳐내면서 혀를 휘두른다. 우유를 먹는 젖소에게서 하루종일 굶다가 밤에 야식을 먹는 사람이 보였다. 아이는 금세 익숙해졌는지 경직되었던 몸이 풀리고 편하고 능숙한 자세로 우유를 준다. 아이가 우유를 주는 장면이 이날 상하농원에서 본 가장 행복해 보이는 장면이었다.

문 옆 작은 케이지 안에 손보다 작은 기니피그들이 보였다. 잘 보이지 않아서인가 다른 동물들에 비해 인기가 없어 보였다. 그렇다고 귀엽지 않거나, 예쁘지 않은 것은 아니었다. 나중에 알게 된 정보였는데 기니피그들은 하루 평균 20시간 정도를 활동하고 5~10분 동안 쪽잠을 여러 번 잔다고 한다. 이것을 알게 되었을 때 잠자는데 귀찮게 해서 미안한 마음이 생겼지만, 그렇게 조금 자고도 활동할 수 있는 체력이 부러웠다.

나름의 보고 싶은 것들은 다 보아서 카페에 쉬러 갔다. 상하농원에서 가장 따뜻하고 편하게 쉴 수 있는 장소였다.

아무 생각 없이 비어있는 테이블에 자리를 잡았다. 의자에 앉자마자 왜 비어 있는지 알게 되었다. 사람들이 들어오고 나갈 때마다 열리는 문에서 불어오는 찬 바람을 정면에서 맞는 자리였던 것이다. 이미 짐도 내려놓았고 자리 옮기는 것이 나에게는 귀찮은 일이었다. 자리에 앉아 카페 내부를 둘러보았는데 벽면에는 겨울에 찍은 사진 액자들이 눈에 띄었다. 액자 아래에는 제2회 상하농원 겨울 사진 공모전 장려상, 우수상, 최우수상, 대상 등, 사진의 수상 내역과 함께 작품에 대한 설명이 있었다. 매년 상하농원에서는 사진 공모전을 진행하는 듯했다. 공모전에 사진을 내보고 싶은 욕구가 생겼지만, 형편없는 사진 실력에 곧바로 마음을 접고, 전시되어 있는 작품들을 구경했다. 내 눈에는 상의 종류와 상관없이 모든 사진이 아름답고 예쁜 작품들이었다.

빵 몇 조각을 사서 카페 맞은편에 있는 건물로 갔다. 어떤 곳인지 궁금해 문을 열어보니 먹거리 체험 교실이 진행 중이었고, 직원분이 어떤 일로 오셨는지 물어본다. 나는 민망한 말투로 그냥 지나가다 들렀다고 말하고 도망치듯 자리를 옮겼다. 다음으로 발효공방, 빵공방, 과일공방을 차례대로 가보았는데 딱히 흥미롭게 보이는 것들이 없어 금방 나왔다.

보고 싶은 것들을 다 보고 책마을해리로 돌아가기 위해 상하농원 밖으로 나왔다. 1시간 넘게 걸어왔던 길을 다시 돌아갈 생각을 하니 귀찮았다. 막막하거나 싫다는 생각은 아니었다. 그래도 이곳에서 잘 수는 없으니 하염없이 걷기 시작했다.

상하농원 바로 옆에 있는 강선달 저수지에 산책로가 있었다. 오면서 걸었던 길이 아니라 궁금한 것도 있고 그냥 가고 싶었다. 산책로를 조금 걸었을까. 가기 전까지는 짧아 보였던 길이 끝이 안 보였다. 멍하니 계속 가다 보면 올 때 걸었던 큰길에 합류하겠거니 생각하며 계속 갔다. 15분 정도 걸었을까. 길이 끊겨 있고 고인돌과 상하베리굿팜이라고 적혀 있는 비닐하우스만 보였다. 길을 잘못 들어선 것이었다. 막막했다. 덩그러니 있는 고인돌만 미워졌다. 가만히 서서 10분 넘게 산책로로 다시 돌아가야 할까 고민했다. 고민 끝에 산책로로 다시 돌아가지 않고 새로운 길로 가는 것을 선택했다. 얼마나 가야 하는지는 모르지만 막막한 건 변하지 않았다. 길 같지 않은 길을 계속 걸었다. 우여곡절 끝에 원래 걸었던 큰길에 합류했다. 출발한 지 30분이나 지났는

데 거리는 한참 남아 있었고, 상하농원에 가면서 봤던 강아
지도 보지 못했다. 다른 길을 선택한 것이 이렇게나 큰 영
향을 미칠지는 전혀 몰랐다. 짜증도 나고 황당해서 불평도
했다. 그런데 혼자 불평해 봤자 나만 손해라는 생각에 아무
생각 안 하고 가던 길을 계속 걸었다.

상하농원에 갈 때 느끼지 못했던 추위를 느꼈다. 밥을 먹
은 지 시간이 꽤 지나기도 했고, 바람이 강하게 불어왔다.
춥고 배고프니 돌아가서 쉬고 싶다는 마음에 걸음이 빨라
지기 시작했다. 빨리 간다는 생각만으로 걷다 보니 책마을
해리가 보였다. 나름 빨리 도착했다는 생각으로 걸린 시간
을 계산해 보니 1시간 30분이 넘었다. 산책로로 들어간 것
이 너무 많은 시간을 소요하게 만들었다.

책마을해리를 나선 지 5시간이 지나서야 다시 돌아왔다.
도착하자마자 긴장이 풀렸는지 몸이 나른해졌다. 앉은 자
리에서 바로 잘 수 있을 것 같았다. 더 피곤해져 잠들기 전
에 짐들과 상하농원에서 구매한 빵, 치즈들을 정리했다. 그
리고는 오가면서 찍은 사진을 보기 시작했다. 대부분 동물
사진이었으며 사진 실력이 형편없었다. 당장 공모전에서 수
상한 작가님들에게 달려가 배우고 싶은 마음이 생겼다. 하

지만 형편없는 사진이어도 동물들이 주는 즐겁고 편안한 마음은 사진 실력과는 상관없이 남아있었다. 사진을 계속 보다보니 농원에서 본 어린아이들이 생각났다. 마스크에 가려져 있어도 보이는 미소, 이것저것 보고 싶은 것이 많아 움직이는 눈, 정신없이 움직이는 손과 발들이 선명하다.

장호갯벌

이 날은 자전거를 빌려 선운사에 가기로 했다. 딱히 이유는 없었다. '달콤한책'에서 빵과 시리얼로 아침을 가볍게 먹고 출발하려는 때였다. 책방에 들어온 아이노아가 내가 선운사에 간다는 소리를 듣고, 거리를 확인하더니 말렸다. 내가 보기에는 엄청 멀어 보이지도 않았고, 하지 말라고 하면 괜히 더 하고 싶어지는 법, 괜찮다고, 그냥 간다고 했다. 그랬더니 아이노아도 같이 가자고 하는 것이었다. 같이 가는 건 나쁘지 않았지만, 굳이 힘든 일 따라올 필요는 없어 보여 말렸다. 하지만 아이노아는 간다는 마음을 이미 굳힌 것처럼 보였다. 아이노아는 선운사를 가기 전에 연습 삼아 30~40분 정도 걸리는 가까운 바다를 먼저 가보자고 하며 짐을 챙겨 온다고 했다.

아이노아가 집에서 자전거를 챙겨 오자마자 우리는 출발했다. 바다로 가는 길에 아이노아에 대해서 궁금했던 것들을 계속해서 물어보았다. 어떤 일로 스페인에서 해리까지 오게 되었는지, 어떤 활동을 하고 있는지, 앞으로 계획 등 사적인 질문들을 하였다. 아이노아는 질문 하나하나 망설임 없이 명확한 답변을 해주었다. 아이노아의 대답을 들을 때마다 큰 계획 없이 사는 나와는 다른 사람같이 느껴졌다. 그렇다고 내가 부끄럽거나 창피하다는 생각은 들지 않았다. 그냥 다른 방식으로 살아가는 사람일 뿐이었다.

자전거로 20분을 달려 바다에 도착했다. 아무도 없을 줄 알았는데 우리보다 먼저 이곳을 찾아온 사람들이 있었다. 마을 주민처럼 보이는 노부부였다. 노모는 갯벌 이곳저곳 돌아다니며 조개를 캐어 양파망에 수집하고 있었고, 노부는 갯벌 위에서 드라이브를 하며 기다리는 모습이었다. 우리도 본능적으로 갯벌을 돌아다니며 조개들을 모으기 시작했다. 한 개를 집고 몇 걸음 가지 않아 바로 찾을 수 있을 만큼 많은 양의 조개들이 보였다. 10분도 지나지 않았는데 나와 아이노아 둘 다 양손을 조개로 가득 채웠다. 하지만 우리에게는 망이나 통같이 조개를 담아 갈 수 있는 도구가 없었다. 그렇다고 손에 잡고 자전거를 탈 수도 없어 어쩔 수 없이 한곳에 뭉쳐 내버려 두었다. 그사이에 끼고 있던 장갑은 조개들이 내뿜은 바닷물에 젖어 짜고 비릿한 냄새가 나고 있었다.

조개를 챙겨가지 못한 아쉬운 마음을 갖고 다시 자전거에 올라탔다. 책마을로 돌아가던 길에 아이노아가 갑자기 자전거를 멈췄다. 힘들어서 잠깐 걸으면서 가자는 뜻이었다. 전기자전거 배터리까지 모두 사용한 상태였다. 잠깐의 휴식을 갖고 다시 자전거에 올라타 아이노아의 속도에 맞춰 천천히 이동했다. 돌아가면서 아이노아가 왜 계속 같이 간다고 했는지 이유를 들을 수 있었다. 전에 어린 친구와 함께 같은 자전거를 타고 금방 들렀던 바다에 갔었다고 한다. 바다까지 갈 때는 무난했지만 돌아가는 길에는 그 친구가 자전거를 타고 갈 힘이 없어 차를 타고 갔다는 이야기를 해주었다. 혹시나 내가 자전거를 잘 타지 못하는 건 아닐까 하는 걱정으로 함께 따라나선 것이었다. 바다에 갔다 오는 것은 일종의 테스트였던 셈이다.

책마을에 도착한 아이노아는 나에게 선운사까지 갈 수

있을 거라며, 자신은 가지 않아도 될 것 같다고 했다. 은근 힘들었나 보다. 다른 것 없이 따뜻한 커피만 챙겨 나갈 준비를 끝냈다. 아이노아는 혹시 힘들고 어렵게 느껴지면 책마을에 전화하여 데리러 와 달라고 부탁하라고 말해주었다. 말을 듣자마자 힘들어도 차를 부르는 부탁은 절대 하지 않겠다는 작은 목표가 생겼다.

선운사

지도에 선운사를 찍고 출발했다. 자전거 경로로 약 1시간 26분 걸린다고 나온다. 책마을 뒤쪽으로 몇 분 가지 않아 나산마을과 사반마을이 나왔다. 전날 상하농원에 갔을 때처럼 마을에 있는 개들이 짖어댄다. 얼굴 모르는 개들의 응원을 뒤로하고 마을을 빠져 나오니 크고 작은 오르막길과 내리막길이 연속적으로 나왔다. 길게 뻗은 내리막길이 돌아갈 땐 오르막길로 바뀔 생각을 하니 걱정이 들었다. 전기자전거의 도움 없이는 도저히 올라갈 수 없을 것 같은 길이었다. 적어도 이 길을 돌아올 때까지는 전기자전거의 배터리가 남아있어야 한다는 확신만 들었다.

이제는 목숨이 위험하다는 생각이 들기 시작했다. 마을 길에서 빠져나와 국도로 들어선 목동사거리부터는 예상 밖으로 차들이 많이 다녔다. 고창을 너무 몰랐다. 고창에서 지내며 차를 가장 많이 본 날이었다. 작은 경차부터 시작하여 15톤 트럭까지 다양한 차가 왕복 2차선 도로 위를 달리고 있었다. 자칫 실수라도 하면 지나가는 차에 부딪힐 뻔한 위험한 상황이 계속되었다. 그런 일이 일어나지 않게 차선 밖으로 최대한 이동했지만 불가피하게 차선을 계속 넘어 다녀야 했다.

30분쯤 지났을까? 선운사가 뭐길래 간다고 했나, 아이노아가 가지 말라고 말릴 때 그만둘걸 등 여러 부정적인 생각과 함께 후회가 밀려왔다. 두 시간 전 자신있던 내 모습이 미워졌다. 얼마나 남았는지 확인하기 위해 지도를 보았다. 내 계산으로는 3분의 1지점에 도착해 있어야 했는데 한참 모자랐다. 이제는 길을 알려주는 지도까지 미워졌다.

다리가 아파 쉬고 싶어도 도로 옆에 앉아 편하게 쉴 수 있는 자리는 당연히 없었다. 마땅한 장소가 나올 때까지 천천히 달리고, 공사한다고 세워놓은 주황색 고깔 옆에 서서 쉬는 것을 반복하기 1시간, 심원면에 도착했다. 차에 치이는 걱정을 안 해도 되어서 마음이 한결 편해졌다. 자전거를 끌면서 천천히 걸었다.

점심시간이어서 식당으로 이동하는 많은 사람들을 볼 수 있었다. 배가 고프지는 않았지만, 먹을 수 있을 때 먹고 쉬다 가자는 생각으로 중식집에 들어갔다. 자물쇠가 없어 양해를 구하고 식당 안에 자전거를 주차했다. 자리에 앉아 짜장면 한 그릇을 주문하니 사장님은 무심한 듯 물을 주시고는 주방으로 들어가셨다. 따듯한 물을 몇 모금 마시며 멍때리고 있으니 짜장면이 나왔다. 평소에 짜장면을 선호하는 편이 아니었지만, 정말 맛있게 느껴져 젓가락질도 몇 번 하지 않고 다 먹었다. 힘들어서 배고픈 것도 몰랐나 보다. 음식을 다 먹은 뒤로도 한동안 앉아 쉬었다. 따듯하고 배불러지니 포기하고 싶은 마음이 굴뚝 같았지만, 사장님의 조심히 가라는 말씀에 다시 용기를 내보았다.

눈이 오기 시작했다. 식당에 들어가기 전에는 내리지 않던 눈이었다. 일기 예보에서도 확인하지 못했었다. 이제는 하늘까지 미워지려 했다. 심원면을 빠져나와 다시 위험한 도로 위를 달렸다. 엎친 데 덮친 격으로 바닷바람까지 심각하게 불어왔다. 내가 페달을 돌리고 있는지 의심이 들 정도로 자전거가 앞으로 나아가지 않았다. 그 와중에 눈은 계속 오고 있어 최악이었다. 옆으로 바다가 보이는 20분이 포기하고 싶은 생각이 가장 강력하게 드는 순간이었다. 오랜만에 죽을 것 같은 기분을 느꼈다. 이때만큼은 전기의 힘을 빌려야 했다.

어찌어찌 출발 3시간 만에 선운산도립공원에 도착했다. 주차장, 관리사무소를 지나니 좌측에 '고창 삼인리 송악'이 있었다. 난 송악이 무엇인지 모르지만, 자세하게 볼 시간도 없었다. 우리나라에서 가장 큰 송악이면서 유일하게 천연기념물이라는 설명만 보고 안쪽으로 이동했다. 송악과 선운산 생태숲을 지나 선운사 일주문 매표소로 갔다.

입장표를 끊으며 쓸데없는 고민을 했다. '자전거 자물쇠가 없는데 누가 훔쳐 가면 어떡하지? 그냥 돌아갈까?' 3시간 고생해서 왔는데 자전거 따위 때문에 선운사를 들어가지 못하는 건 말도 안 되는 일이었다. 정말 바보 같은 생각이었다. 자전거 거치대에 내버려 두고 입장했다. 외롭게 서 있는 일주문이 있었다. 일주문 앞에서 사진을 찍으며 아들에게 일주문을 설명하는 아버지의 모습을 볼 수 있었다. "일주문 위에 적혀있는 한자는 '도솔산 선운사'며 선운사에 들어가는 첫 번째 문이다."

일주문을 지나 도솔계곡 우측으로 걸어가니 선운사의 두 번째 문인 천왕문이 나왔다. 천왕문 내부에는 지국천왕, 증장천왕, 광목천왕, 다문천왕이 동서남북을 수호하고 있었다. 무섭게 생겼지만 우스꽝스러운 모습의 사천왕을 지나 경내로 들어갔다. 대웅보전을 중심으로 선운사의 여러 전각들과 선운사 육층석탑이 보였다. 내부를 살펴볼 수 있는 곳들이 많지 않았으며 큰 관심도 없었기에 둘러보는데 오래 걸리지 않았다. 대충 훑어본 다음 범종각 앞에 있는 소원나무를 보러 갔다. 관광객들이 적고 간 소원들을 구경했다.

'대학 합격', '사업 번창', '가족 건강 기원' 같이 평범한 소원들을 비롯해 '세상이 평화로워지면 좋겠다', '전국대회 대통령상 수상' 등 귀엽거나 독특한 소원들도 있었다. 천왕문 옆으로 선운사를 나가는 길에도 돌탑을 쌓아 소원을 빈 흔적들이 있었다. 대부분은 무너져 돌무더기처럼 보였지만 몇 개의 작은 탑들은 형태를 유지한 채 서 있었다. 무시하고 지나칠 수 있었지만, 탑을 세우고 간단한 소원을 빌었다. '돌아가는 길에 사고만 안 나게 해주세요.'

사실 선운사에 오기 전에 간단한 계획을 세웠었다. 첫 번째는 '선운사에 있는 모든 곳을 가보자', 두 번째는 '높지 않더라도 선운산을 올라가자', 마지막으로 '여유롭게 카페에 앉아 쉬다 가자'. 하나도 지켜지지 않은 바보 같은 계획이었다. 바보 같으면 어떤가. 이곳에 왔다는 것으로 만족하고 빠져나가는 길에 선운사 정면에 있는 극락교를 넘어 녹차 밭까지만 보고 돌아가는 길을 택했다. 매표소의 자전거 거치대에 가면서 '누군가 자전거를 훔쳐 갔으면 차를 불러갈 수 있지 않을까?'라는 어리석은 생각을 했지만, 자전거는 멀쩡한 모습으로 나를 기다리고 있었다.

자전거에 올라타는 순간 몸과 자전거에 아령을 달아놓은 듯 무겁게 느껴졌다. 머릿속에서 선운사는 바로 잊히고 도착은 몇 시에 할 수 있을지, 눈은 언제까지 오며 바람은 얼마나 불지 걱정으로 가득 찼다. 무거운 몸을 이끌고 돌아가기 시작했다. 짧으면 5분, 길면 10분 동안 자전거를 타다서서 쉬기를 반복했다. 쉬어갈 수 있는 공간이 없을 때는 자전거 배터리를 사용하며 위험한 구간을 빠르게 탈출할 수 있었다. 그런데 몇 분 쓰지도 않았는데 배터리가 네 칸중 한 칸이 사라졌다. 생각보다 배터리 양이 적은 것이었다. 나는 다시 육체노동을 할 수밖에 없었다. 무념무상으로 계속 달려 5킬로미터 정도 남은 지점에서 목동사거리를 다시 만났다. 이 지점부터는 아껴놓았던 전기를 끊임없이 쓰기 시작했다. 눈바람을 맞으며 2시간 즈음 달렸나, 갑자기 언제 눈이 왔었냐는 듯 맑은 하늘이 보였다. 다른 날, 다른 지역에 간 듯한 느낌이 들어 멍하니 서서 하늘을 작게나마 원망했다. '10분밖에 안 남았는데, 조금만 일찍 그쳐줬으면 안 되었을까?' 오후 5시 30분, 책마을해리에 도착했다. 자전거 배터리는 절반가량 남아 있었고 다리는 걸어가다 쥐가 나서 넘어져도 이상하지 않을 것처럼 휘청거렸다. 11시 30분에 출발하였으니 약 6시간이 걸린 일정이었다.

휴식을 취하며 선운사에 갔다 온 사건을 생각해 보았다. 한 시간 선운사 관람을 위해 다섯 시간 가까이 위험한 도로에서 자전거를 탄 것이 너무 비효율적이며, 다시는 하지 못하고, 해서도 안 되는 일처럼 느껴졌다. 그리고 선운사에서도 제대로 된 관람을 했다고 보기는 힘들었다. 처음부터 끝까지 바보같이 생고생만 하다가 끝난 것이다. 선운사에서는 무엇을 보는지도 모르면서 돌아다녀 크게 기억에 남는 것도 없었고, 이번 경험을 그냥 머리가 나빠 생긴 것으로 하고 싶었다. 그냥 바보였다. 다시 이런 일을 벌일 수 있을까.

FOREIGNER BLOOD
ARE YOU DYING?
YOU LIVE IN THE COUNTRYSIDE AND THE BLOOD STOCK IS LOW ?
AND THE CLOSEST HOSPITAL IS MILES AWAY?
FOREIGNER'S BLOOD IS HERE !
TO LIVE JUST A LITTLE BIT MORE !
(50% death guaranteed after usage)
© Ainhoa

보름살이 3

© Ainhoa

류나윤(알린)

책이 좋아서 국어국문학과에 갔으나 대학에 오고 난 후 책 말고도 재밌는 게 많다는 걸 알게 됐다. 재밌어 보이는 건 벌여놓고 몽땅 다하면서 사는 중이다. 해리에서 보름을 지내는 동안 영화가 제일 재밌었다. 덕분에 책과의 권태기가 찾아와서 극복해보려고 노력 중이지만, 계속 실패하고 있다.

책마을 공간 한 편, 영화 한 편

일 삼아 노는 게 가능해?

보름살기 첫날, 책마을해리에 도착하고 짐을 풀며 세운 목표는 '노는 것에 죄책감 가지지 않기'였다. 대학교 4학년이 되어, 할 일이 산더미처럼 쌓인 나에게 마음 놓고 노는 것은 어려운 일이다. 하루는 24시간이나 되며 그중 일부를 놀기에 투자하는 것은 합리적임에도 불구하고, '취업에 도움이 되지 않는 것'을 하고 난 뒤에는 묘한 죄책감이 들었다. 놀 때는 놀고 쉴 때는 쉬라는 말, 겉보기엔 쉬워 보여도 막상 지키려면 참 힘들다. 보름 동안 잘 놀다 가겠다고 다짐하며 놀 궁리를 시작했다. 그러다 생각난 것이 '영화 보기'였다.

영화를 보는 것은 나의 오랜 취미이다. 따뜻한 차 한 잔을 마시며 좋아하는 영화를 보고 있자면 그 순간만큼은 일상생활 속에서 다가오는 수많은 고민을 잊게 된다. 하지만 스물두 살 대학생에게 하루종일 여유롭게 영화를 보기란 쉬운 일이 아니었고, 영화를 볼 수 있는 각종 OTT 서비스들을 구독해놓고도 제대로 활용하지 못했다. 어쩌다 한 번씩 영화를 보는 날에도 핸드폰을 울리는 SNS 알람 때문에

집중이 흐트러지기 일쑤였다.

책마을해리에는 다양한 것들이 있었다. 책마을 구석구석
을 관찰하면서 그때마다 생각나는 영화들을 보기로 했다.

눈이 오면 눈 내리는 영화를 보았고, 바다에 간 날에는
바다가 나오는 영화를 보았다. 걱정들은 한참 뒤로 미뤄두
고 주변을 산책하고, 방으로 돌아와서는 가만히 앉아 영화
를 고르고 차를 마셨다.

#빗자루 #부엉이 #해리 포터

해리에 와서 처음으로 본 영화는 우리에게 너무 익숙한 〈해리 포터〉이다. '책마을해리'라는 이름부터 어딘가 해리 포터와 관련이 많아 보인다.

해리 포터의 전령이자 책마을해리의 상징인 부엉이는 마을 이곳저곳에 있다. 책방해리에서 살 수 있는 다양한 부엉이 굿즈들부터, 운동장에 들어서면 보이는 큰 부엉이 조형물, 이외에도 책마을 구석구석에서 부엉이를 볼 수 있다. 근처 산에는 부엉이 가족이 살고 있다고 한다. 해리 포터와 친구들이 타고 다니는 빗자루도 책마을해리의 필수품이다. 눈이 오면 빗자루를 이용해 길을 트고 가을에는 낙엽을 쓴

다. 책마을해리 촌장님도 어딘가 해
리 포터와 닮은 구석이 있다.

원작인 책을 각색하여 여러 개의
시리즈로 제작된 영화 〈해리 포터〉
는 주인공인 해리(다니엘 레드클리프)
와 친구들이 잔인한 악당인 볼드모
트(랄프 파인즈)로부터 마법 세계를 지키는 이야기이다.

20~30대 청년들에게 〈해리 포터〉 시리즈란 유년 시절의
추억이 담긴 영화이다. 나 또한 부모님의 손을 잡고 영화관
에 가서 〈해리 포터〉를 본 기억이 생생하다. 보름살기 첫 영
화로 〈해리 포터〉를 보며
잠깐이나마 동심의 세
계로 돌아가 눈 앞에
놓인 현실들을 잊을
수 있었다.

ⓒ Ainhoa

#우체통 #시월애

 책방해리에서 책을 산 후, 문을 열고 안쪽으로 들어서면 앉아서 음료를 마실 수 있는 테이블과 의자들이 보인다. 의자에 앉아 주변을 살피며 두리번거리면, 방금 들어온 문 왼편에 느린 우체통의 설명이 눈에 띈다. 카페에서 기념엽서를 사고 책마을 안에 있는 느린 우체통에 넣으면 그 엽서는 1년 뒤 발송된다는 내용이다. 해리면의 어르신들이 그린 그림이 들어간 아기자기한 엽서를 고르고 1년 뒤 나에게 쓰는 편지를 쓴다.

 느린 우체통을 보면 떠오르는 영화가 있다. 2000년에 개봉한 이현승 감독의 영화 〈시월애〉에서 성현(이정재)은 1998년 '일마레'라는 이름의 집에 살고 있다. 하지만 어찌 된 일인지 성현의 뒤를 이어 일마레에 이사 온 은주(전지현)가 1999년의 우체통에 넣은 편지를 1998년의 성현이 받게 된다. 서로 다른 시간에 사는 둘이지만, 우체통에 넣은 편지를 통해 서로가 좋아하는 장소나 취

© Ainhoa

미들을 공유하며 추억을 쌓아간다.

로맨스 영화를 즐겨보지 않는 나
에게도 〈시월애〉는 깊은 여운을 주
었다. 제목인 '시월애'는 시간을 넘은
사랑이라는 뜻의 '時越愛' 한자를 쓴
다. 성현과 은주가 시간을 뛰어넘어

사랑을 하고 엇갈리기도 하는 모습은 요즘의 영화나 드라
마에서 찾아보기 힘든 애틋함과 따뜻함을 주었다. 영화 특
유의 차갑고 흐릿한 색감 또한 이들의 잔잔하지만 애절한
사랑에 분위기를 더해준다.

시간을 넘어 우체통과 편지를 통해 사랑을 쌓아간다는
설정은 단순히 읽어만 보았을 때는 설득이 되지 않으며, 무
리한 연출이라는 생각도 든다. 하지만 영화를 보고 난 후에
는 그런 것들은 아무래도 상관없어진다. 마음에 성현과 은
주의 이야기가 남을 뿐이다.

#바다 #바닷마을 다이어리

책마을해리를 나와 구불구불한 시골길을 40분쯤 걸어가
면 바다가 나온다. 눈이 펑펑 오는 날 바다까지 걸었다. 탁
트인 바다는 사람의 마음을 묘하게 만든다. 거센 바람에 점
점 높아지는 파도는 공포심을 주기도 하지만 그 어떤 것이
라도 삼켜줄 것 같은 믿음을 준다.

갯벌이 함께 있는 고창의 바다와는 조금 차이가 있지만,
고레에다 히로카즈 감독의 영화 〈바닷마을 다이어리〉 또한

책마을해리처럼 바다 근처 마을의
공동체에 관한 이야기이다.

세 자매가 오래전 집을 나간 아버
지의 부고를 듣고 장례식에 갔다가
배다른 동생인 '스즈'를 집으로 데리
고 온다. 그렇게 네 사람이 한 집에
함께 살게 된다.

영화는 러닝타임 내내 잔잔하게 흘러간다. 시간이 흐르
며 현대 사회에서는 과거 끈끈했던 혈연 위주의 가족에 대
한 의미가 흐려지고 다양한 형태의 가족들이 생겨났다. 이
제 가족보다는 개인이 중요해진 시대에서 〈바닷마을 다이
어리〉 속 네 자매 이야기는 우리에게 잊고 살던 가족의 '정'
을 보여준다. 어떻게 보면 미울 수도 있는 이복동생 스즈를
따뜻하게 받아주고 더불어 살아가는 자매의 모습은 자극적
인 내용만을 찾던 사람들을 반성하게 한다.

#별 #콘택트

도시의 밤은 어둡지 않다. 한밤중에도 곳곳에 켜진 불빛들로 인해 밤하늘에 보이는 별은 고작 두세 개뿐이다. 그래서 시골을 좋아한다. 보름달이 떠서 달이 환할 때와 구름이 낀 날을 제외하고는 시골의 밤은 언제나 셀 수 없는 별을 담고 있다. 책마을 운동장 벤치에 앉아 별을 세고 있으면 우주에 대한 호기심이 스멀스멀 올라온다. 추운 줄도 모르고 한참을 앉아서 우주 반대편에 대해 상상했다.

로버트 저메키스 감독의 영화 〈콘택트〉는 어릴 적부터 미

지의 세계에 대해 상상하는 소녀의 이야기로 시작한다. 천재 과학자로 성장한 앨리(조디 포스터)는 끊임없는 연구 끝에 외계인이 보내는 신호를 발견했고, 직접 베가성으로 가 외계인을 만난다.

　진리란 무엇일까? 앨리의 연구를 비판하는 기자들이 몰려와 팔머 목사에게 앨리의 연구에 대해 질문을 한다. 목사는 그 질문에 '신학자로서 과학자와 입장은 다르지만 추구하는 바는 같습니다. 바로 진리에 대한 추구지요. 저는 그녀를 믿습니다'라고 대답한다. 앨리가 우주에서 목격한 진리는 녹화되지 않았고 사람들은 그 진리를 믿지 않았다.

　진리는 학습되는 것이 아니라 직접 보고 체험해야만 이해할 수 있다. 우리는 모두 진리를 추구해야 하며 그 목적이 과학이든 종교든 양비론적으로 대립해야만 하는 것이 아니라, 서로 같은 방향으로 나아가야 함을 영화는 알려주고 있다.

#눈 #윤희에게

　고창은 '설창'이라 불릴 만큼 눈이 많이 오는 곳이다. 1월의
책마을해리에도 눈이 쌓였다. 도시의 눈은 새하얀 모습으로
남지 못하고 사람들의 발길이 닿는 곳마다 시커멓게 변하고
말지만, 시골은 하얗게 쌓인 눈이 해가 뜨고 녹을 때까지 그
대로 있다. 눈으로 뒤덮인 해리를 바라보며 펑펑 내리는 눈
을 우산도 없이 맞고 있자니 알 수 없는 해방감이 느껴졌다.

　눈 덮인 겨울이 배경인 영화는 매우 많지만, 개인적인 취향
으로 하나를 꼽자면 임대형 감독의 〈윤희에게〉가 제일 먼저

생각난다. 과거 윤희(이영애)와 쥰(나
카무라 유코)은 서로를 사랑했으나 성
별이 같다는 이유로 둘의 관계를 인
정하지 않는 사회에 의해 헤어지게 되
었다. 그 이후 윤희는 결혼을 하여
새봄을 낳았으나 결국 이혼하고 말
았다. 쥰이 윤희에게 보낸 편지를 읽은 윤희의 딸 새봄(김소
혜)이 쥰과 윤희를 만나게 하기 위해 윤희에게 한겨울의 오
타루 여행을 제안한다. 오타루의 눈은 치워도 치워도 그대로
남아 있다. 윤희와 쥰에게는 치워도 치워도 남아있는 감정들
이 있었고, 가득 쌓인 눈과 감정들 사이에서 둘은 재회한다.

 "살다 보면 그럴 때가 있지 않니? 뭐든 더 이상 참을 수
없어질 때가." 쥰이 윤희에게 보내는 편지의 일부분이다. 쥰
은 10년이 넘도록 간직하고 있던 마음을 더 이상 참을 수
없어 편지를 썼다. 결국, 윤희도 영화 말미에 새봄으로 인해
용기를 얻고 쥰에게 답장을 쓴다. '새봄'이라는 이름은 우연
이 아닐 것 같다. 눈이 녹으면 봄이 온다. 윤희와 쥰이 만나
지 못하고 마음만 닳았던 추운 겨울이 지나고, 새로운 봄이
찾아왔다.

#고양이 #고양이를 빌려드립니다

책마을해리에는 아주 귀엽고 새침한 고양이 한 마리가 살고 있다. 그 고양이의 이름은 '다다'. 다다는 책마을 전체가 자신의 집이다. 추운 아침 난롯가에 앉아 책을 읽고 있으면 조용히 다가와 슬쩍 옆에 앉기도 하고, 조그맣게 있는 고양이 문으로 우리가 묵는 숙소를 드나들기도 한다. '다다~' 하고 부르면 뒤돌아 내 얼굴을 확인하고는 휙 가버린다. 보름은 책마을을 둘러보기에는 충분한 시간이었지만 고양이 한 마리와 친해지기에는 짧았다.

고양이를 좋아하지만, 고양이에게 간택받지는 못한 나와 같은 사람들이 대리만족할 수 있는 영화가 있다. 오기가미 나오코 감독의 영화 〈고양이를 빌려드립니다〉에는 고양이에게 아주 인기가 많은

여자, 사요코(이치가와 미카코)가 나
온다. 가만히 있어도 찾아오는 고양
이들을 쫓아내지 않고 키우며, 천변
에서 고양이들이 실린 카트를 끌고
나와 확성기에 대고 이렇게 말한다.
"렌타- 네꼬. 네꼬." 사람들에게 고양
이를 빌려주고 각각의 사람들에 얽힌 에피소드를 풀어나가
는 것이 영화의 주된 이야기이다.

우리는 모두 외로움이라는 이름의 마음속 구멍을 가지고
있다. 영화 속 사람들은 빌렸던 고양이를 돌려주며 마음의
구멍이 채워졌다고 말한다. 현실성이 없는 설정이지만, 현
실성을 따지는 영화는 우리의 마음을 따뜻하게 하지는 못
한다. 반면 현실성이 없는 영화는 조금 말이 되지 않더라도,
보는 사람들의 마음을 편안하게 해준다. 영화 밖의 입시, 취
업, 직장생활 등으로 인해 생긴 마음의 구멍을 영화 속 고
양이를 보며 메울 수 있었다. 고양이 한 마리가 가지고 있
는 힘은 굉장하다. 대단한 위로가 아닌 작은 고양이 한 마
리로도 우리는 우리의 삶이 그럭저럭 좋은 삶이라고 느낄
수 있다.

#서점 #노팅힐

책마을해리에 와서 맨 처음 만나는 공간은 바로 책방해리이다. 책방해리는 서점과 카페를 겸하고 있는데, 입장료를 내는 대신 서점에서 책을 한 권 사면 비로소 책마을 안쪽으로 들어갈 수 있다. 도시의 서점처럼 많은 종류의 책이 있는 것은 아니지만 책마을에서 엄선한 알짜배기 책들만 가져다 둔 서점이다. 구매한 책 한 권과 카페에서 테이크아웃한 음료 한 잔을 들고 책마을을 둘러보면 몸도 마음도 따뜻해진다.

'서점' 하면 생각나는 영화를 꼽자면 많은 이들이 로저 미

첼 감독의 〈노팅힐〉을 말할 것이다.
영화의 주인공 윌리엄 태커(휴 그랜트)
는 런던의 노팅힐에서 여행 전문 서
점을 운영하고 있다. 그런 서점에 톱
스타인 애나 스콧(줄리아 로버츠)이 찾
아오고, 여느 로맨스 영화와 같이 사
랑에 빠지게 된다. 둘의 사랑이 순탄하게 흘러가지는 않지
만, 결국 서로의 사랑에 용기를 낸 두 사람은 연인이 된다.

영화는 누구나 사랑 앞에서는 다 같은 인간이 된다는 것
을 보여준다. 톱스타인 애나가 작은 서점의 주인인 윌리엄
에게 쪼리를 신고 달려와 이렇게 말한다. "나 역시 소년 앞
에 서서 사랑을 구하는 소녀일 뿐이에요." 애나가 유명 여
배우라는 사실은 그녀가 사랑을 하는 것에 별 영향을 주지
못한다. 그녀는 그저 한 여자로서 사랑을 했을 뿐이다. 용
기를 내 사랑한다고 말하는 애나의 눈에서 행복이 보였다.

#도서관 #러브레터

책마을해리에는 다양한 종류의 도서관이 있다. 어린이들과 청소년들을 위한 버들눈도서관, 공연을 할 수 있는 꿀밤나루 소리도서관, 동학농민운동과 평화에 관한 책들이 있는 동학평화도서관, 자연과 생태에 관련된 책들이 있는 부엉이도서관 등이다. 각각의 도서관이 가지고 있는 특징들이 분명하여 도서관 안쪽을 구경하고 책을 읽다 보면 시간 가는 줄 모른다.

도서관은 책을 빌리고 읽는 공간이지만, 영화 속 도서관은 으레 '첫사랑'의 장소로 나온다. 창가에 앉아 쏟아지는 햇살을 받으며 세계문학전집을 읽고 있는 첫사랑의 이미지

는 설렘을 가져다준다. 영화 〈러브레
터〉 속 첫사랑도 도서관에서부터 시
작된다.

  영화의 주인공 히로코(나카야마 미
호)는 죽은 남자친구인 이츠키의 집
으로 편지를 보낸다. 반송되어야 할
편지는 정상적으로 도착했고, 알고 보니 그 편지는 남자친
구와 동명이인인 다른 이츠키의 집으로 가게 되었다. 히로
코는 이츠키와의 편지를 통해 자신의 옛 남자친구가 동명이
인인 여자 이츠키를 사랑했었고, 자신과 사귀게 된 계기도
자신과 여자 이츠키가 닮았기 때문이라는 것을 알게 된다.

  첫사랑의 의미가 그렇게 대단한 것일까? 영화를 보며 죽
은 남자친구인 '이츠키'에게 공감할 수 없었다. 여자 이츠키
와 똑같이 생긴 히로코를 보자마자 반했다는 것은 히로코
를 히로코로 본 것이 아니라, 그저 이츠키에 대입해서 본 것
이라고밖에 해석할 수 없었다. 그럼에도 불구하고 남자 이
츠키를 사랑한다며 잘 살라고 외치는 히로코를 보며 마음
이 아팠다. 이츠키들에게는 절절한 로맨스일지 몰라도 히로
코에게는 너무 잔인한 현실이다.

#트리하우스 #에놀라 홈즈

책마을해리 운동장의 대문 옆 가장자리에는 트리하우스가 있다. 트리하우스는 동화 속에 나오는 단골 소재이다. 어릴 적에는 누구나 한 번쯤 나무 위의 집에 대한 로망을 가졌을 것이다. 책마을을 방문한 어린이들은 이 트리하우스에 올라가 책을 읽고 놀며 동화 속의 장소와 마주한다. 사실 나무 위의 집은 전봉준 장군의 동학농민운동의 바탕과 정신에 관련된 책을 둔 '동학평화도서관'이다. 고창이 동학농민운동의 지리적 배경이었기에 이를 기념하기 위해 도서관을 만들었다고 한다. 트리하우스는 단순히 보기에 좋은 공간이 아니라 그 속에 많은 의미도 담고 있다. 넷플릭스 오리지널로 제작된 〈에

© Ainhoa

놀라 홈즈)는 셜록 홈즈의 에놀라  홈즈(밀리 바비브라운)가 사라진 엄마를 찾기 위해 런던으로 떠나며 일어나는 이야기이다. 여성의 인권이 낮았던 19세기 영국, 진취적인 엄마의 영향을 받은 에놀라 홈즈는 남성에게 의지하기보다는 스스로 움직이고 말하며 영화 속 사건을 해결해간다.

에놀라의 이름을 영문으로 쓰면 'enola', 이 이름을 뒤집으면 'alone', 즉 '혼자'라는 뜻이 된다. 언뜻 보면 이러한 이름의 풀이는 부정적으로 보인다. 하지만 에놀라는 여러 일들을 겪으며 혼자여서 외로움과 고독함을 느끼는 것이 아닌, 스스로의 인생을 살아가는 당당한 여성으로 성장한다. 차별이 만연한 시대에서도 굴하지 않고 자신의 이름으로 살아간 홈즈는 성별 간 이슈가 화제인 요즘 시대 여성들에게 위로를 전한다. 영화 속 이야기와 의도는 다소 뻔할지라도, 이제 막 시작하려는 사람들에게 용기를 주고 있다.

죄책감 없이 놀 궁리

사실 걱정들에서 완전히 벗어난 상태로 영화를 보지는 못
했다. 다시 한번 말하지만 놀 때 놀고 쉴 때 쉰다는 건 참
어렵다. 영화에 집중하다가도 학교와 가족, 일에 대한 스트
레스가 문득 찾아왔다. 그럴 때면 억지로 생각에서 벗어나기
보다는 영화를 잠깐 멈추고 자연스럽게 영화가 다시 보고

싶을 때까지 기다렸다. 피할 수 없다면 직접 마주쳐야 한다는 사실을 알았다.

많은 영화를 보았다. 영화 속 주인공들은 모두 빛나고 멋있는 사람들이었지만, 주인공이라고 해서 모든 것이 완벽하지는 않았다. 좌절하기도 하고, 주변 사람들에게 질타를 받기도 하였다.

흔히들 우리 인생의 주인공은 자기 자신이라고 한다. '주인공'이라는 단어 아래에 나를 가두고 짐을 들게 하며 특별해지려 하지 않아도 된다는 생각이 들었다. 영화 속의 그 주인공들도 나와 별반 다르지 않다.

이제 본가에 돌아가서도 종종 영화를 볼 생각이다. 나를 돌보고, 쉬게 하는 것은 나에 대한 의무이다. 죄책감을 내려놓고 놀 궁리를 하는 법을 책마을해리에 있으면서 조금이나마 알게 됐다.

미술 작품 위한
냉장고

보름살이 4

ⓒ Ainhoa

이호연(諱)

취미 같은 것 없고 좋아하는 것, 먹고 싶은 음식 같은 것 없다. 나는 그냥 늘어지게 잠만 자고 싶고 읽고 싶은 책이나 읽으면서 시간을 펑펑 낭비하고 싶다. 나는 수면욕을 제외한 모든 욕구가 땅바닥에 있는 사람이다.

이런 나를 글을 쓰게 하고, 공부하게 하고, 쓸데없이 살고 싶게 하는 것이 있다. 위기 청소년들과 함께하는 것이 내가 살아가는 이유이다. 결핍이 있고, 도움이 필요한데 사각지대에 놓인 청소년들을 돕기 위해, 그리고 그 필요한 역량을 갖추기 위해 나는 대학 이수를 진행하고 있으며, 그들만을 위한 글을 써서 책으로 엮어내는 과정에 서 있다.

코로나19가 끝나는 대로 나는 보육원에서 봉사활동을 할 것이고, 그곳에서 만들어진 인연을 놓지 않고 그들과 함께하며 먼 훗날 식구가 되는 것이 내 꿈이다. 이 꿈을 이루기 위해 쓸데없는 짓만 하며 사는 것을 포기했다.

가족이란 무엇이고 사랑이란 무엇인지, 그리고 본인들이 얼마나 소중한 사람인지 나는 그저 알려주고 싶다. 누군가는 이러한 내 꿈을 허구라 비난했고 그저 낭만이라고 비웃었으며 현실을 살지 못한다고 꾸중했지만, 나는 비폭력 불복종이라는 단어와 일치하는 사람이다. 내가 가고 싶은 물길 따라 바다로 먼 길을 떠날 것이다. 내게 물 한 모금 내어줄 이를 찾으러, 내 낭만을 이루러 가는 이 여정의 시발점이 이 책이다.

나의 장점은 젊음이고 나의 단점도 젊음이다. 나는 실패를 밥 먹듯이 하고 실수를 잠자듯이 한다. 내 인생은 쓸모없지만, 쓸데없이 찬란하고 내 인생을 관찰하면 생각보다 재밌을 것이다. 축축하고 냄새나지만, 꽃도 피고 정원도 있고 눈사람도 있는 내 사막에 당신이 와주길 기다리며 나는 이만 물러가겠다.

정월에 핀 꽃이 열닷새 동안 감옥에 간 이유

아직 삶의 성장이 끝나지 않은 스물다섯 살 청년의 이야기다. 젊음이 무기고 장점이지만 동시에 젊음은 단점이 되었다. 어릴수록 경험 쌓기란 어렵고 그런 젊은이의 말엔 힘이 부족하기에 내가 설 자린 없다.

남들과 같은 평범한 인생을 살고 싶다. 아무나가 되고 싶은 건 아니었지만, 아무나가 되었고 아무에게나 아무렇게 어울릴 수 있는 성격과 재치를 만드느라 애를 먹고 있다.

내가 하고자 하는 일을 하기 위해 하기 싫은 일들도 때로는 해야만 했다. 그리고 나는 지금도 여전히 하기 싫은 일을 하기 위해 최선을 다한다. 싫은 일을 하기 위해 최선을 다한다는 건 나를 비참하게 만들기 충분했고 그 비참함에 취해 내가 불행하다고 믿은 걸지도 모른다.

내가 걷는 길이 꽃길일 줄 알았는데, 내가 뛰어든 취업길이 비포장도로여도 꽃길처럼 화사할 줄 알았는데, 언제부터 꽃길에 꽃이 없었다. 내가 꽃길이라고 믿어왔던 길이 가시밭길이었음을 나는 인정할 수밖에 없었다.

좋아하는 일을 업으로 삼는 건 하늘의 별 따기라는 걸 알고 있다. 그럼에도 불구하고 언젠가 한 번쯤은 내가 좋아하는 일을 하고 싶다. 그리고 언젠가 한 번쯤은 내가 좋아하는 책이 많은 책감옥에 갇혀서 하루종일 책만 읽을 수 있는 날이 오기를 기다렸다.

세상이 녹록지 않는다는 걸 아는 나이가 되었지만 나는 여전히 어른으로선 부족한 나이이고, 여전히 아이에 머물고 싶어한다. 하기 싫은 일을 하기 위해 공부한다는 건 나를 미치게 했고, 그렇게 도망가기로 마음먹었다.

그때 책마을해리에서 진행되는 출판캠프에 참여할 청년을 모집한다는 소식을 전해 듣고, 그 길로 책마을해리로 도망왔다. 이곳은 내가 생각했던 것보다 훨씬 더 책 천국이었고 그렇게 나는 15일 동안 책에 파묻혀 지내었다.

평소 일 년에 책 100권 읽기도 쉽지 않지만, 이왕 이렇게 책 천국에 왔고, 도망쳐 온 것이긴 하지만 보름을 알차게 보내고 싶은 마음이 있었기에 책 100권 읽기에 과감하게 도전했다. 책 100권을 읽고 난 후, 그 성취감은 정말 이루 말할 수 없었다. 15일이라는 시간은 길면서도 짧은 시간인데, 일 년이 아닌 보름이라는 시간 동안 책 100권을 읽었다는 사실 자체가 내가 개운하게 일상으로 돌아올 수 있는 명분이 된 것 같아 기쁘다. 나는 앞으로도 살아가면서 여기서 경험한 이 추억들을 떠올리며 힘듦을 버텨내지 않을까 조심스레 생각한다.

책마을해리에서 내가 읽은 책 100권을 모두 소개하기엔 너무 많아 그중에서 인상 깊었고 꼭 추천해주고 싶은 책들만 선정하여 책을 읽으며 내가 느끼고 생각한 것들을 나만의 방식으로 소개할 예정이다.

부디, 이 글을 읽고 있는 당신이 소개된 책을 꼭 읽어보길 바라며 이야기를 시작하겠다.

© Ainhoa

철없는 낭만주의자는 오늘도 꿈을 꾼다

처음으로 소개할 분야는 동화이다. 다섯 권의 책을 소개할 것이고, 나의 이야기가 어우러진 소감이 당신의 호기심을 자극하길 바란다.

우리 모두는 어린 유년 시절을 지나 어른이 되기에 마음속에 동심을 갖고 있으며, 그 동심은 가끔 우리를 위기에서 건져내기도 한다.

지금 이 글을 읽는 순간만큼은 어린아이로 돌아가서 이글을 읽었으면 하는 바람이다. 이 열차에 탑승한 당신이 당도한 종착역이 당신을 새로운 길로 인도하기를 바라며 출발하겠다.

처음으로 소개할 책은 『지혜로운 멧돼지가 되기 위한 지침서』다.

바쁘게 돌아가는 세상에서 바쁘지 않은 현대인들이 어디 있을까…. 10대에는 하기 싫은 공부를 왜 해야 하는지 그리고 나는 왜 공부가 하기 싫은지 나의 방황에 대한 원인을 찾느

라 바쁘게 지냈다. 20대에는 내가 하고 싶은 게 무엇이고 왜 그것이 하고 싶은지, 무얼 하고 먹고 살아야 하는지 고민하느라 바쁘다. 마음의 여유 없이 챗바퀴 돌아가듯 그렇게 바쁘게 살다 보니 나는 가끔 쉼이라는 단어를 인생에서 빼버렸던 것 같다. 그래서 쉼을 할 수 있고 그것을 하러 온 해리에서조차 자격증 시험이 언제인지 확인하고 접수를 위해 날짜를 재며 다른 일을 하면서도 계속해서 시간을 확인했다.

여유를 느끼고 싶어서 도망쳐 온 이곳에서마저 며칠 동안 책을 몇 권 읽었고 몇 권을 더 읽어야 하는지, 내일까지 몇 권을 읽고 그 내일엔 또 무엇을 얼마나 해야 하는지 여유라는 건 하나도 찾아볼 수 없이 여전히 쫓기며 서두르고 있는 나를 발견하였다.

멧돼지에게 해주는 조언들인데 이 조언의 대상이 사람으로 바뀌어도 이상하지 않을 정도로 현대인들의 문제를 정확히 짚어내 나는 잠시 동안 먹먹한 감정에 멈춰 있었다.

"힘들면 쉬어 갈 것"

"이보다 더 심각한 상황이 아닌 것에 감사할 것"

"너무 무리는 하지 말 것"

"복잡하게 생각하지 말고 한 가지만 기억할 것"

"느낌이 왔다면 머뭇거리지 말 것"

"너무 서두르지도 말 것"

책마을해리까지 와서 왜 굳이 서두르지 않아도 되는 일에 서둘렀을까. 쉴 수 있었는데도 왜 굳이 무리하며 무언가를 이뤄내려 했을까. 몸이 망가지고 정신이 피폐해져 가는 것을 알면서도 나는 왜 이 지침서를 이해하면서 실행에 옮기지 못하고 여전히 급급할까.

아마 알면서도 나는 계속해서 조급해 할 거고 서두를 거고 여유 없이 달리느라 넘어지겠지만, 그렇게 달리다 한계가 오면 꺼내 보기 좋을 책이라 생각하며 이 책을 추천한다.

두 번째 소개할 책은 『우산을 쓰지 않는 시란 씨』다.

이 책은 국제엠네스티라는 세계적인 인권 단체가, 주인공 시란 씨처럼 죄가 없는 사람이 감옥에 갇힌 사람들을 위해 편지를 쓰는 활동도 하고 있음을 알려준다. '시란'이라는 말에 '모른다', '모르는 사람, 나와는 상관 없는 사람'이라는 뜻이 담겨 있다.

이와 같이 '누군가 아무 죄도 없이 감옥에 갇혀 있다고 해도 나와는 아무 상관이 없는 걸까? 내가 자유롭고 사람답게 살 수 있으려면 다른 사람의 자유도 소중히 여겨야 하지 않을까?' 하는 작가의 의도를 엿볼 수 있다.

난 나와 상관있다고 관심을 주고 신경을 쓰는 일이 꽤 귀찮고 피곤하다고 생각하는 사람이다. 나만 보는 것도 아니지만 그렇다고 남만 보고 사는 것도 아니기에 주변이 요란스러워도 그저 나는 내 물길 따라 흐르며 살아왔다. 시니컬하고 냉정하다는 평가를 자주 받아왔지만 그러려니 했다.

그들이 나를 잘 모르기에 하는 소리라고 생각했을 뿐 거기에 대꾸할 생각은 없었으니 말이다. 그런 나의 생각을 보란 듯이 반박하는 책이었다.

생각이라는 게 무섭다는 걸 알지만 생각 속에 빠져 살고 눈에 보이지 않아도 기운은 무시할 수 없다고 여겼기에 책을 덮은 후에도 여운이 가시지 않았다. 책에서 장관은 말한다.

"제일 무서운 게 뭘까? 도둑도 살인자도 아니야. 사람들 머릿속에 숨어있는 생각, 그게 제일 무서운 거야."

나는 이 말에 격하게 고개를 끄덕이며 여운에서 벗어날 수 있었다. 사람들 머릿속에 숨어있는 생각, 그게 제일 무섭지만, 그중에서도 더 무서운 건 '나'의 생각이 제일 무섭다는 걸 잊지 말자고 다짐하면서 말이다. 생각이라는 게 사람을 성숙시키기도 하지만 사람을 잡아먹기도 해서 언제나 생각을 조심해야 한다는 말을 나는 되뇌며 산다.

세 번째로 소개할 책은 『울지 마, 레몬트리』다.

주인공은 독재정권이 나라를 장악했을 때 태어난 소녀이다. 독재정권과 맞서 싸우던 그때 그 시절 대학생들은 이미 부모가 되었다. 후대가 안전하고 평안하게 살 수 있도록 노력한 위대한 자들은 어느새 잊히고 말았다.

내 부모님도 그런 사람들이어서 사소한 말은 못 하고 꾹 참고 넘길지라도 불합리하고 정의롭지 못한 일엔 나도 누구보다 열정적으로 목소리 내며 살고 있다. 그리 살아서 무엇이 되었냐고 묻는다면, 아무나도 되지 못했다. 그저 세상에 흐르는 미물로서 인생을 지나가는 중이다.

책에서 강물이 하는 역할을 법이 했으면 어땠을까, 라고 생각하게 한 대목이 있었다. "강물은 무거워지는 느낌을 받았어. 하늘에서 떨어지는 사람들, 아직 따뜻한 사람의 몸. 강물은 이들의 '심장이 된다'는 걸 알았어. 헬리콥터는 살아있는 자들을 던졌고 강물은 이들을 받아 안았어. 강물은 이들을 데리고 갔어. (중략)강물은 알고 있는 이야기의 흔적을 붉게 남기면서. 하늘에서 하얀 새들은 분노한 강물의 이야기를 들었고, 강물이 큰 강으로 변하는 모습을 지켜봤어."

정의가 약자의 편일 거라고 생각하지 않았다. 약자라는 기준 자체가 애매하니까. 그러나 법이, 정의가 약자의 인생을 송두리째 뺏어갈 것이라고 생각하지도 않았다. 공정하지도 공평하지도 않은 정의가 여전히 대한민국 법정에서 이루어지고 있다는 걸 뉴스 면으로 많이 접하고 있어서 그런지 안타까운 마음이 가시지 않는다.

법이 누군가를 처벌하지 않기 위해 만들어졌다는 명분 뒤에 숨지 않고 정의가 이루어져야 하는, 정의가 필요한 그 순간 부디 정의가 강물처럼이라는 법정이 현실에서도 이루어지기를 기대하고 싶다.

네 번째 소개할 책은 『안녕, 판다!』이다.

주인공 어린이의 작아진 판다옷을 나눔 상자에 넣으며 엄마가 행복을 가져오는 옷이니까 함께 나누면 좋잖아, 하고 말한다.

그 말을 듣고 주인공은 주위를 둘러보며

사람들의 신발, 목도리도 행복을 가져다주는 도구라고 상상한다.

그러던 어느 날 판다옷을 입은 전학생이 짝꿍이 되는데, 그 아이는 살던 지역에서 전쟁이 나 피난을 온 것이었다. 이때 주인공은 그 판다옷은 내가 입던 것이며 그 옷이 행복을 가져다줘 다 괜찮아질 거라 위로해준다.

이러한 주인공의 태도에 나는 내가 어떤 시선으로 세상을 살아왔던가 반성하게 되었다. 행복이라는 단어보다는 불행을 가까이 두었고 행복은 영원이라는 단어만큼 허구라 생각했다. 행복은 결코 닿을 수 없는 나에겐 없던 존재이고, 내 인생은 언제까지나 축축할 거라 확신했다. 행복은 그리 멀리 있지 않음에도 불구하고 난 왜 어리석은 확신을 했던가.

내가 해리에서 제일 많이 느꼈던 감정이 내가 이리 자유롭고 기분이 좋아도 되나, 였다. 이토록 자유롭고 여유로운 게 오랜만이라, 도망쳐 온 곳이 너무 낭만적이라, 나도 몰래 계속해서 이 행복을 의심하고 있었나 보다.

여유로워도 충분히 괜찮은 인생인데, 행복을 느껴도 되는 사람인데 왜 나는 나마저도 철저하게 배제해 왔는지 모르겠다.

나에 대한 나의 태도에 서글픔이 느껴져 읽는 내내 울음이 범람하는 걸 참느라 애써야 했다.

다섯 번째 책은 『용서의 정원』이다.

'미움을 팝니다. 하나당 100원 10개에 1,000원입니다.'

누군가를 미워해 본 사람은 알 것이다. 미워한다는 행위가 얼마나 내 에너지를 뺏어가는지. 그렇게 뺏긴 에너지로 인해 내 인생이 얼마나 빡빡하게 마르며 피폐해지는지. 인생은 때론 너무 유치하고 치사하다. 나는 판 적 없는 미움을 누군가 사서 나에게 미움을 행사한다면 최소한의 관심과 대응으로 관계를 이어가지, 어떠한 액션을 취해주지는 않을 것이다. 그렇지만 사회는 그리 호락호락하지 않다. 악연이란 얼마나 질기던가, 끊어지지도 않는다. 그렇게 질긴 인연들로 나는 성숙을 이룬 사람이기도 하다. 그래서 미움을 사들이는 행위 자체가 그 사람 자체의 심리적인 문제와 그 사람의 인성에 대해 표면적으로 보여지는 채점표 같아 그 점이 매우 유치하게 느껴졌다.

오히려 책에서처럼 어린아이들이 어른들보다 나은 경우를

우리는 종종 접할 수 있다. 어른이라 겁과 두려움이 많이 생겨 누군가에게 먼저 사과하거나 그걸 용서하는 일이 어려울 때가 있다.

지금은 어른이지만 우리 또한 어린 시절을 지나왔다. 어렸을 적 배우지 않았던가. 먼저 잘못에 대해 사과해야 하고, 그 잘못이 관용의 선에 있다면 너그럽게 용서하는 법을 말이다.

내가 편의점에서 아르바이트할 당시 초등학생들이 내 옆에서 종알거리며 내 주변에서 알짱거리면 평소 '기깔나게' 진상을 부리던 고객들이 얌전해졌고 동시에 친절해졌다. 그들도 아이들 앞에서만큼은 부끄러운 어른이 되고 싶지 않은 것이다.

누군가에게 부끄러울까 봐 조심하는 사람 말고 스스로에게도 부끄럽지 않도록 행동하고 생각하는 어른이 되길 소망한다. 이러한 어른이 세상의 대부분을 차지하게 된다면 지금 세상도 근사하지만, 그에 화사함을 더할 수 있지 않을까 생각한다.

© Ainhoa

내가 삼킨 건 꽃이었던가 시였던가

두 번째로 소개할 분야는 시이다. 시의 구절을 오마주하여 열 권의 시집을 소개한다. 시집의 전체적인 분위기와 어울리는 시의 구절, 어느 부분을 내가 오마주하였는지 찾아보는 재미도 있을 것이다. 또한, 시는 각자 해석하기 나름이니, 시가 가진 분위기와 문체가 춤추는 행위를 음미하여 읽어보길 바란다.

첫 번째 시집은 김도이 시인의 『얼룩의 시차』다.

오마주한 구절은 「사과의 돌기」라는 시에서 인용하였다.

시의 전체적인 분위기가 어둡고 음산하지만, 문체 안에서 느껴지는 쓸쓸함과 서운함, 외로움 등이 잘 표현되어 읽는 내내 묘한 감정에 사로잡혔다. 그 기분을 같이 느끼며 읽으면 좋을 것 같다.

"당신의 일상은 캄캄함이어서 거짓말을 개처럼 질질 흘리셨나이까. 당신이 과감하게 뱉어낸 음식물 사이엔 꼭꼭 씹은 나의 혀가

동봉되었다. 눈 하나 깜빡 않고 그저 질겨서 맛이 없다는 한마디 툭 던져놓는다." 사과나 와그작 씹으며 오늘 저녁은 이만하면 됐다며 의자를 주욱 끌며 일어나는 당신의 머리채를 휘어잡아 다시 앉힌다는 상상을 하며 당신을 지켜본다. 당신에게 씹힌 나의 혀처럼 당신을 씹어 먹어버리고 싶다는 생각을 어찌 하나도 모르시는지 그리 해맑게 웃으십니까. 웃지 마십시오, 꼭꼭 씹어 삼키고 싶으니.

두 번째 시집은 최현우 시인의 『사람은 왜 만질 수 없는 날씨를 살게 되나요』이다.

 오마주한 구절은 「총구에 꽃을」이라는 시에서 인용하였다. 1987년도의 분위기를 가지고 이어지는 시의 분위기를 적극 활용하여 오마주하였다. 이 시대에 저항하며 희생과 투쟁을 마다 않고 싸운 568세대에게 존경을 표한다.

"꽃 한 송이가 들려 있었다고 합니다. 총을 겨눈 병사 앞에 태연히 걸어왔다는데요.

병사가 소대장을 힐끔거렸지만 어찌할 줄 모르고 소녀가 자꾸 걸어 왔다는데요.

이것은 낭만입니다.

로망입니다.

만들어진 허구입니다"

"도저히 이해할 수가 없어 여전히 곡소리 내며 우는 사람들을
둘러싼 총을 든 병사들을.

조롱의 기쁨으로 행진하는 광화문의 미친 거리에서 너를 찾고
있었다. 통곡 소리와 최루탄 터지는 소리 안에서 굳이 더 당당하게
어디야, 어디에 있어 통화가 끊길 때마다 세상의 어느 한 부분도
끊어지고, 이어지고, 희박해지고

이것은 기억입니다.

환멸입니다.

만들어진 증오입니다"

"느린 속도로 아주 점진적으로 걸어간다. 걸어온다. 횡단보도를
건너며" 서로가 죽는 모습을 보며 만나지도 못할 손을 뻗고

예쁜 눈물을 흘리며 마지막 생애를 다하는 사람들의 표정
속에

이것은 독재입니까
이것은 족쇄입니까
시민들의 죄명은 대체 무엇입니까

죽어가는 사람들 사이를 뚫고 애매한 표정으로 너를 만
난다.

"찾았다, 뒤에서 나타난 네가 와락 목덜미를 잡는다. 내 얼굴에
네 얼굴을 들이밀고 환하게 웃는다." 섬뜩하게 왜 너에게서 피
비린내가 날까, 다른 이의 냄새겠지 외면하지만, 환하게 웃
는 너의 몸은 힘없이 내게 안기며 넘어진다.

이대로 네가 죽을까 나는 그곳에서 급히 벗어나려 발을
굴렀고

웃기지 말란 듯이 내 몸도 곧 고꾸라진다.

찬란하게 예쁠 우리 나이는 스물셋, 그날의 봄이었다.

다음 생에는 좀 더 늦게 태어나 벚꽃 구경도 하고 카페에서
차도 마시고 도서관에서 같이 공부하며 꼭 같이 졸업하자.

나의 말에 너는 고개를 끄덕였고 희뿌연 시야로 나는 너의 손을 꼭 잡고 걸어갔다.

세 번째 시집은 이현호 『라이터 좀 빌립시다』이다.

오마주한 구절은 「모든 익사체는 떠오르려고 한다」라는 시에서 인용하였다. 이현호 시인이 가진 특유의 우울감 안에서 따뜻함을 느껴보길 바란다.

"이유 없는 우울이 나를 불심검문 하는 날이 있네. 그런 때 마음은 쪽방에 갇힌 어둠을 가만히 들여보네. 파도처럼 격하게도 요동치는 눈동자 위에서 환히 피었던 꽃이 힘없이 꺾이고 있네." 한때 절망은 낭만의 동의어로 쓰여 내가 마신 모든 위스키에 절망을 가득 넣어 팔았네. 나의 손님들은 나라에서 내로라하는 VIP들이 그들의 영향력을 뒤로 그들의 우울을 제조하며 울고 있는 그들의 권력을 쉬이 달래주었네. 이상하게도 그들도 내 가게에 발길을 끊지 못했으니 말일세, 그러던 어느 날에 같은 업계 업주에게 나에 대한 소문을 들었네. 고거 참 재미 좀 봤네.

"권태의 명수 무기력의 천재 우울의 사내수공업자 타락의 장인 불신의 성자 따위가 이 돌연변이의 별명이었네." 신통하지 아니한가. 어찌 나를 이리 잘 아는지 아주 나에게 찰떡인 별명들이었네.

오늘 밤에는 파티를 할 걸세, 보름달이 떴거든.

보름달이 뜨면 우울에 잠식된 자들을 다른 달로 배웅할 걸세.

내일이 되면 한강을 꼭 가보세. 거기에 내가 보낸 선물이 있으니.

네 번째 시집은 나희덕 시인의 『말들이 돌아오는 시간』이다.

오마주한 구절은 「잉여의 시간」이라는 시에서 인용하였다.

진한 커피처럼 여운을 시에 타 주는 구절을 인용함으로써 이 시에 머무는 시간에 추움과 더움을 같이 느껴보길 바란다.

"이곳에서 나는 남아돈다. 너의 시간 속에 더 이상 내가 살지 않기에. 오후 네 시가 되면 집 밖은 껌껌한 어둠이 되어 해를 가리고 데이지 한 송이만 그 안에서 휩쓸리며 나를 반긴다."

찢어져 피를 흘리는 데이지들이 하나둘 생겨나며 이상한 장관을 만들어내고 그 풍경을 넋 놓고 보고 있자니 세상이 아득해진다.

네가 있던 자리에 곰 인형을 대신 놓았고 네가 차지했던 침대 위에 커다란 코스트코 토끼 인형을 데려다 놨다.

곰 인형이 있던 자리엔 방아쇠가 당겨지기 직전인 총이, 토끼가 누워 있던 침대엔 피가 범람한 나의 옷가지가 차지하였다.

"잉여의 시간 속으로 예고 없이 흘러드는 기억 또한 강물 또한 남아 돈다. 너와 함께한 추억으로 나를 살리기 모자랐던가. 뇌수를 옆으로 밀어 너의 자리를 확보하고도 너무도 많은 나에 취해 정신을 잃는다.

너무도 많은 내가 강물 위로 떠오르고 두고 온 집이 떠오르고 너의 시간 속에 있던 내가 떠오르는데.

이 남아도는 나를 어찌해야 할까.

더 이상 너의 시간 속에 살지 않게 된 나를.

스물다섯, 오후 네 시.

주문하지 않았으나 오늘 내게로 배달된 이 시간을."

다섯 번째 시집은 김선우 시인의 『내 몸속에 잠든 이 누구신가』다.

오마주한 구절은 「그 많은 밥의 비유」라는 시에서 인용하였다. 이 시집은 묘한 찝찝함과 동시에 배부른 느낌을 갖고 있다. 이 배부른 느낌을 같이 느껴보길 바란다.

"밥상 앞에서 아, 하고 벌린 입에 물컹하고 들어온 물체 뱉어내지 못하고 가만 삼켰더니 나를 놓아주지 않으려 든다.

내게 삼켜진 정체 모를 무언가가 내 몸은 너무 깜깜하다며 소리소리를 지르고 희부영 미명이라도 깊은 어딘가를 비춰주려 하지만 발로 쾅 차는 너의 의자에서 고꾸라지고 만다. 그 순간, 췌장 부근 어디거나 난소 어디께 광속으로 몇 억 년을 달려 막 내게 닿은 듯한 그런 빛이 구불텅한 창자의 구석진 그늘 부스스한 솜털들을 어루만져줄 지 어쩔지 몸이 베베 꼬여 펴지지 않는다."

언제까지 그대는 노크만 하며 나를 간보실 겁니까. 태연하게 내 옆에서 밥을 먹는 너에게 나는 어떤 말을 건네야 한답니까.

심장 부근 근처를 쾅쾅 쳐 물체를 빼내려고 애쓰지만 나올 생각을 않고 그렇게 희미해져 가는 세상을 바라보자니 눈물이 난다.

무언가 내 입에 퍽 들어와 쭈욱 당기고 쉬어지지 않았던 나는 숨을 몰아쉰다. 헐레벌떡 눈을 뜨니 여전히 태연한 눈으로 네가 내 등을 두들겨주고 있다.

너에게 내게 준 것이 무엇이냐고 물으니 여전한 눈빛으로 너는

"밥"이라 대답한다.

"밥이라 하기엔 물컹거렸어. 너 그 안에 뭘 넣은 거야?"

격양된 말투로 버럭 너에게 물으니 여전히 태연한 너는 서늘하게 대답한다.

"나에 대한 사랑. 그거 좀 넣었는데 그게 그렇게 못 견딜 것 같았니?"

여섯 번째 시집은 김소연 시인의 『눈물이라는 뼈』다.

오마주한 구절은 「투명해지는 육체」라는 시에서 인용하였다.

김소연 시인은 『수학자의 아침』이라는 시집으로도 유명하다. 이 시집에서 갖고 있는

오묘하고도 서늘한 분위기가 추운 날씨와 잘 어우러져 따뜻함을 만들어낸다. 차가움과 차가움이 만나 어떤 날씨를 선물해주는지 지켜보는 것도 재밌을 것 같다.

"우리는 자명한 실패를 당신은 희망이라 호명했고 나는 고개를 끄덕였고 돌아서서 절망이라고 정정했다. 세상 모든 몹쓸 것들을 쓸모를 다해 다감함을 부른다. 당신의 다정함은 귓바퀴를 돌다 몸 안으로 흘러들고 나는 파 먹히기를 바란다고 일기에 쓴다. 파 먹히는 통증 따윈 없을 거라 적는다. 일기장을 펼칠 때마다 일생 동안 지었던 죄들이 책상 위에 수북하게 쏟아져 내렸고" 그 위에 내 얼굴을 푹 박아버린다. 추악하지만 당신은 여전히 맛있고 달아요. 내가 집어먹은 죄들이 나를 죽게 만들겠지만, 그마저도 좋아요. 당신이 준 죄명이니 사랑이니 운명이니 하며 떠들던 것보다 이게 더 낭만인걸요. 아니요, 절망일지도 모르겠네요. 아니요, 그런 건 없어요. 당신이 나에게 준 건 희망일 수도 있으니까 그게 아니라면 그런 비슷한 단어 한 개쯤은 주지 않았겠어요?

푸욱 푸욱 떠먹은 죄들은 왜 맛있는지 얼굴을 박고 한참을 먹어치웠고 마지막 하나만 덩그러니 놓여 있었다.

마지막 하나는 남겨놓을래. 네가 그와 나의 마지막 추억의 흔적이잖아. 역겨운 냄새가 나는 여자에게서 추억은 멀어지려는 듯 자살을 하고 그렇게 흔적도 없이 사라진다.

딩동, 안내 문자 하나가 도착한다.

그 문자를 본 여자는 하염없이 끝없이 울며 자신이 먹은 죄들을 책상 위에 토해냈다.

소멸된 기억을 복구하시겠습니까? "NO / 아니요."

일곱 번째 시집은 김이듬 시인의 『명랑하라 팜 파탈』이다.

오마주한 구절은 「유령 시인들의 정원을 지나」라는 시에서 인용하였다. 책방해리에서 처음 접한 시인이었다. 시집 자체의 매력으로 문장과 문체들의 춤사위에 시를 읽는 내내 휘황찬란한 무대 하나를 본 느낌이다. 시를 읽으면서 글자가 제각기 자리에서 최선을 다해 춤추는 모습을 꼭 직관하길 바란다.

"하루속히 계집은 사라져야 합니다. 남자는 그녀의 안경을 거칠게 벗겨 나뒹굴던 쓰레기통에 던져놓고 쏟아져 있던 시 구절을 주웠습니다. 지상에는 없는 다정한 단어로 욕설을 했고 부드럽게 남자의 얼굴을 어루만지며 희롱을 속삭였습니다. 어쨌든 자살하지 말라. 똑똑 부러지는 샤프로 노트 첫 장에 글씨를 씁니다. 유령 마야코스프의 것인지 바하만의 것인지 모르지만 슬쩍 했나 봅니다. 결백하기 위하여 모순투성이의 인간이 될 것입니다.”

계집의 일기를 남자는 투박하게 펼쳐보곤 목이 휘어져라, 껄껄 웃습니다. 남자의 웃음소리에 다급히 달려온 그녀는 입술을 짓기며 공책을 닫았지만 남자는 아랑곳하지 않고 굳이 한마디 거듭니다.

“고작 계집 주제에 일기를 들킨 게 창피했나?”

“아니, 고작 사내 주제에 조롱해보겠다는 네가 애잔하다.”

계집의 말에 사내는 그녀의 목을 낚아채지만, 그녀도 지지 않고 구둣발로 사내의 종아리를 거칠게 차 넘어뜨린다.

“어리석은 사내여, 그리 여기를 나가라 일렀거늘 어찌 머물며 조롱과 가까이하시고 희롱을 등에 업고 다니시나이까. 당신은 고작 사람일 뿐입니다. 썩 나가세요.”

“서늘한 얼굴로 사랑을 주는 당신을 제가 어찌 떠날 수 있겠습니까. 고작 인간일 뿐인 내가.”

“[속보] 한강물에 뛰어든 30대 남성 숨진 채 발견, 부패된 지 10일 정도 지난 것으로 추정.”

여덟 번째 시집은 이병률 시인의 『눈사람 여관』이다.

 　　　오마주한 구절은 「진동하는 사람」이라는 시에서 인용하였다.

　　　이병률 시인의 시는 특유의 묵직한 문체로 보는 사람으로 하여금 아릿한 기분을 선사한다. 그 느낌을 최대한 살려보려 했고, 아릿한 기분과 동시에 같이 오는 알 수 없는 느낌을 같이 음미해보길 바란다.

"시간의 주름을 둘러쓰고도 시간이 없어 버스 대신 택시를 잡고

시간의 주름을 둘러쓰고도 마음이 조급해 커피를 쏟고

비가 온다고 챙긴 우산을 두고와 굳이 맞으며 돌아오고

비를 맞으면 독이 생기는 나는 누군가에게 불편한 사람"

"가끔 당신으로부터 사라지려는 수작을 부리는 나는"

가끔 나로부터도 도망가려고 짐을 싸는 나는

세상으로부터 벗어나려고 옥상에 발을 디딘 나는

"당신 한 사람으로부터 진동을 배우려는 사람 그리하여 그 자장으로 지구의 벽 하나를 멍 들이는 사람"

아홉 번째 시집은 도종환 시인의 『당신은 누구십니까』다.

오마주한 구절은 「폭설」이라는 시에서 인용하였다.

도종환 시인은 우리가 흔히 아는 '흔들리며 피는 꽃'을 쓴 시인으로, 다정다감하게 위로해 주는 시들이 대표적이다. 이에 반하여 지금까지 소개한 시들 중 제일 다정한 구절이 되지 않을까 생각한다.

스스로를 구하려 하지 않는 자에겐 구원 같은 건 없다길래, 구원을 절망과 똑같이 생각했다. "그렇지만 때 묻은 채 길에 쓰러져 있을 마지막 목숨이 다하기 전까지 밟히고 밟혀서 더러워진 눈들이 안은 시간은 그것만은 절망이라고 부르지 않기로 했다. 눈물 없는 길이 없는 이 세상에 고통 없는 길이 없는 이 세상에 우리가 사는 동안 우리가 사랑하는 일 또한 그러하겠지만 굳이 절망을 짓이기고 눈물에 대해선 미리 생각지 않기로 했다. 누군가를 사랑하기 위해서는 더 이상 어두워지면 안 되니까," 그러면 다 도망가 버리니까 내가 가진 이 작고 하찮은 희망이라는 빛을 잃으면 보이지 않으니까 그것만이라도 지키면서 행복이라는 걸 생각해 보자고 그렇게 마음먹었다. 행복이라는 게 멀면서도 가까워서 불행이라는 게 가까우면서도 꽤 멀어서 내가 그 둘을 헷갈리면서 산 게 아닌가 싶어서.

나는 작은 것에도 웃을 수 있는 사람인데, 함께 웃고 밥을 먹고 함께하는 시간을 갈구하고 좋아하는 아이인데, 어찌 그마저도 불행이라 말하며 방에 숨어 있었는지는 모르겠다. 불행에서 혼자 빠져나오긴 어렵지만, 같이 빠져나오는 건 쉬우니까 스스로를 구하려 하지 않는 자에게 구원 같은 건 없다고 누군가 티비 속에서 그러더라. 맞는 말이었다. 나를 어둠 속으로 집어넣은 것도 나고, "눈을 벗처럼 여겨 눈이 밟히는 것만은 지켜주고 싶은 것도 나고, 정작 내가 상처받고 거절 받는 건 두려워서 보살피지도 못한 것도 나였다."

3월의 봄에 폭설이 온다는 기별이 왔다. 어느 봄날에 화사하게 떨어지는 눈꽃처럼 나의 인생도 화사해지기를 절망의 어느 날에 바라본다.

열 번째 시집은 마종기 시인의 『우리는 서로 부르고 있는 것일까』다.

오마주한 구절은 「바오밥의 추억」이라는 시에서 가져왔다.

마종기 시인은 책방해리에서 처음 접하였는데 유독 이 시가 눈에 들어왔다. 시가 가진 분위기를 온전히 느끼면서 읽

어보길 추천한다.

"핏기없는 사람들은 맛있어 보이는 사람을 데려 놓고 남은 살과 피로 열매를 만들며 추억을 수액에 섞어 마신다." 인간이 인간을 먹는 동네, 활기를 얻은 인간들이 주변을 수색한다. 먹혀버린 인간들의 혼이 남은 걸까 "척추가 쭈뼛 서며 우리들의 날 같이 귀환의 낮과 밤을 비추어준다." 먹힌 사람은 불행했고 먹은 사람은 행복했다. 축복처럼 그때 네가 나타나 내가 살 수 있었다. 행복하다. 나 대신 네가 먹이어서. 행복하다. 아프게 행복하다.

ⓒ Ainhoa

꽃길이 존재하지 않는다는 걸 알면서 꽃을 피웠네

세 번째로 소개할 분야는 청소년 소설이다. 다섯 권을 소개할 예정이다. 인생에서 제일 예민하고 서툴지만, 미성년자라는 이유로 방황마저 유일하게 이해되는 나이, 그 주인공들에게 몰입하여 내가 책을 읽으며 느낀 점을 가감 없이 표현할 예정이다. 읽으면서 같이 주인공들에게 몰입해 보는 것도 좋을 것 같다.

마지막 열차 출발하겠다.

첫 번째로 소개할 책은 『그 순간 너는』이다.

내가 중점적으로 소개할 부분은 「그가 떨어뜨린 것」이다.

투신자살을 시도했던 윤호는 발을 허공에 내딛는 순간 살고 싶음을 느꼈고 그에신이 응답하듯 기적처럼 목숨을 부지할 수 있었다.

그런 윤호의 병원 옆 침대는 용진이라는 하반신을 쓰지 못하는 고등학생이 지내고 있었는데 '내게 주파수를 맞춰봐'라는 라디오를 즐겨 들었다. 그 라디오를 통해서 용진이

어떤 아이고 윤호가 어떤 깨달음을 얻는지를 음미하며 읽길 추천한다.

　나는 책을 읽으면서 청소년들이 얼마나 죽음을 가깝게 느끼는지에 대해 새삼 깨달았던 것 같다. 청소년 자살률이 1위인 것도 알고 있고 대한민국이 스트레스공화국이라 스트레스률도 높은 걸 알고 있었지만, 죽음에 가깝게 있으면서 한 발 한 발 재보고 있다고는 미처 몰랐으니 말이다. 얼마나 가깝게 있는지도 중요한데, 그 거리는 모르고 죽음을 쉽게 생각하지 말라는 어른들의 조언이 얼마나 하찮고 우스웠을까. 잘 알지도 못하면서 떠드는 어른들이 얼마나 미웠을까 가늠 가지 않아 마음이 빽빽해지며 아파왔다.

　세상에 중요한 게 정말 많아도 수능이 중요하지 않다고 말할 수는 없다. 그 시험으로 인생의 많은 부분이 달라지는 건 사실이니까. 시대가 달라져서 많이 나아졌다고는 하지만, 여전히 그 풍습을 유지하는 회사도 적지 않으며 사회적 시선 역시 여전하다. 무언가 변화하는 데는 십 년도 짧다는 말이 있다고 한다.

　용진과 같이 라디오를 듣던 윤호는 "지금 옥상에서 한 발 내딛고 있어요. 어떻게 할까 고민 중입니다. 죽느냐 사느

냐?"라고 사연을 보낸다. 이 사연을 들은 용진은 아래와 같이 문자를 보낸다.

"죽으려고 했던 마음만 떨어뜨리고, 내밀었던 발은 건 으세요. 저는 교통사고로 하반신불수가 되어 누워 있는 학생이거든요. 저를 위해서라도 그래 주세요."

"죽음이라는 게 생각보다 멀리 있지 않아. 마음만 먹는다면 언제든지 곁에 둘 수 있어. 어쩌면 공부보다 쉬울지도 몰라. 방법도 다양하고 그렇게 되면 내게 관심 없던 친구들도 내 이름을 기억하게 될 테니 오히려 좋은 일일지도 몰라, 라고 생각하고 싶은가 봐. 인생은 너무하고 자주 허무해서 나를 무너트리기엔 그걸 견뎌내기엔 나는 아직 어리고 작고 보잘것없거든. 그런데 죽기엔 죽자고 발을 내딛고 나니까 살 길이 생각 나버렸어. 죽는 방법이 많았던 것처럼 살 수 있는 방법도 많았던 거였어. 어쩌면 별일 아니었을지도 몰라. 죽음은 후회한다고 돌이켜지지 않아. 그러니 허공에 발 내디뎠던 용기로 다른 길에 발을 내딛어보는 건 어떨까? 그게 더 우리에게 새로운 지평을 열어줄 것 같은데."

두 번째로 소개할 책은 『리버 보이』이다.

화가인 할아버지가 죽음을 앞두고 고향으로 돌아왔다. 소녀는 할아버지가 그린 그림에 의문을 갖고 그 그림이 아직 완성되지 않은 그림이라는 걸 알게 된다. 소녀는 할아버지와 같이 그림을 완성시키고, 그러면서 만나게 되는 한 소년에 대한 미스터리를 풀어나가는 환상적이고 아름다운 이야기를 담아냈다.

"난 바다까지 헤엄쳐 갈 거야. 아마 몇 시간은 족히 걸릴 거야. 하지만 물살이 도와줄 거야. 물살에 몸을 맡기면 자연히 바다로 흘러갈 수 있을 거야. 난 여기서부터 적당한 곳을 찾을 때까지 물속을 걸어갈 거야. 몸을 담그고 수영할 수 있을 만큼 깊은 곳까지"

리버보이에게 바다는 인생이고, 그에게 몇 시간은 우리에게 몇 년일지도 모른다.

내가 발을 디딘 곳이 낮은 곳인지 높은 곳인지 나는 알 수 없다. 흘러오다 보니 거기에 발을 디딘 거니 말이다. 누군가는 등을 떠밀렸고 누군가는 누군가가 하니까 따라 섰고 각자의 이유와 각자의 핑계로 발을 디딘 곳이 누군가에겐 고개이지만 누군가에겐 낭떠러지이고 그 낭떠러지가 누군가에겐 큰 산이고 누군가에겐 절벽이다. 그렇게 디딘 그곳이 학생들에겐 학교이고 학원이고 모의고사고 수능이고 시험이다. 그들이 직접 선택했다고 보기 어려운 것들이다.

그렇게 직접 선택하지 않았지만 주어진 운명에 최선을 다하는 학생이 있고, 그렇지 않은 학생이 있다. 그렇지 않은 학생이 있다는 건 얼마나 당연한 일인가. 그게 왜 이상하고 비난받으며 으레 비판을 받아들여야 하는 위치인가.

학생이면 공부를 해야 하고 선생님과 부모님의 말씀을 잘 들어야 하고 뭐 많다.

그러니까 "왜"라고 묻는 거다.

왜 학생이 공부해야 하는지, 그 공부를 함으로써 무엇이 이로운지 그것을 가르쳐주지 않는다. 그게 납득이 가면 학생들도 행하지 않겠는가. 가르쳐주지 않고 그냥 하라고 하면 어른들도 그 일이 하기 싫어진다. 하물며 청소년은 다르겠냐는 이야기다. 그 명분을 듣고도 공부를 하는 건 학생들의 선택이지 강요가 돼서는 안 된다.

학생들이 강에서 바다까지 흘러가는 건 초등학교에서 대학교까지 가는 긴 여정일 수도 있다. 우리는 그걸 무시해선

안 된다. 안 한다고 못하는 친구도 있지만, 해도 못하는 친구가 있다. 그 친구는 못하는 게 아니라 느린 친구인 거다. 사람은 제각기 다른 특성과 매력으로 이루어져 있다는 걸 아는 만큼 어른들이 조급해하지 않았으면 좋겠다.

"삶이 항상 아름다운 건 아냐. 강은 바다로 가는 중에 많은 일을 겪어. 돌부리에 채이고 강한 햇살을 만나 도중에 잠깐 마르기도 하고, 하지만 스스로 멈추는 법은 없어. 어쨌든 계속 흘러가는 거야. 그래야만 하니까. 그리고 바다에 도달하면, 다시 새로운 모습으로 태어날 준비를 하지. 그들에게 끝이 시작이야. 난 그 모습을 볼 때 마음이 편안해지는 것을 느껴."

리버보이가 걷는 인생이, 강이 갖고 있는 물길이 청소년들이 걷고 있는 길과 다르지 않으니 원하는 길로 당차게 나아가길 바란다.

세 번째로 소개할 책은 『대한 독립 만세』이다.

"우리는 오늘 조선(우리나라)이 독립한 나라이며, 조선인(우리나라 사람)이 나라의 주인임을 선언한다. 우리는 이를 세계 모든 나라에 알려 인류가 평등하다는 큰 뜻을 분명히 하고, 우리 후손이 민

족 스스로 살아갈 정당한 권리를 영원히 누리게
될 것이다.”

—「쉽고 빠르게 읽는 3·1 독립선언서」

1919년 3월 10일 대한독립만세운동을 전라도 광주에서
펼치던 '윤혈녀'를 기억하는가. 기마헌병대 대장이 "죽고 싶
지 않으면 당장 그만둬라" 위협하는 말에 "조선 독립 만세!
왜놈들은 물러가라!"를 외치고 왼쪽 팔을 잃었던 그녀를.

그녀의 이름은 윤형숙, 왼쪽 팔을 잃은 직후 오른손으로
태극기를 집어 들고 "대한 독립 만세!"를 외친다. 이런 윤형
숙에 기마헌병대 대장은 크게 당황하는데, 그런 그에게 다
가가 단호하게 말한다.

"나는 비록 팔 한쪽을 잃었지만 남은 팔로 만세를 외칠 것이다."

그녀의 기개는 감히 멋있다는 말도 사치일 정도로 모든
걸 압도했다.

1919년 4월 2일 경상도 통영, 그곳에는 통영의 꽃 국희가
있었다.

"피고 이국희, 본명 이소선! 왜 기생인 신분에 걸맞지 않게 독립운

동을 했나?" 판사의 비열한 질문 앞에서도 국희는 담담했다. 그녀는 의자를 끌어 등을 붙인 뒤, 꼿꼿한 자세로 판사를 올려다보았다.

"판사님, 제가 여성으로서 본남편과 간통남이 있는데, 어느 남자를 받들어 섬겨야, 여자의 도리에 합당하겠습니까?"

국희의 뜻하지 않는 질문에 판사의 얼굴이 벌겋게 변했다. 몹시 당황한 빛이 역력했다.

"물론 본남편을 섬겨야지."

얼떨결에 대답을 한 판사가 국희를 노려보았다. 국희는 마음속으로 쾌재를 불렀다. 그러나 최대한 차분한 목소리로 대답했다.

"저의 본남편은 조국입니다. 기생도 나라를 사랑하는 백성입니다. 그래서 목숨 걸고 만세운동에 나섰습니다."

일본 순사들의 온갖 회유에도 단 한 번도 흐트러지지 않은 그녀다. 독립운동을 위해 빚을 갚기 위해 모아두었던 금붙이를 내놓았고, 서른 명의 기생들 그 선두에 서서 시위를 이끌었다.

그녀가 가진 절개에 읽는 내내 심장이 빠르게 요동치며 눈에서는 눈물이 주룩주룩 흘러내렸다. 고무줄놀이를 할 때부터 기생이 되어 온갖 고생을 하며 모은 금붙이를 누가 선뜻 독립운동하는 데 내놓을 수 있을까. 그녀가 출소하기까지의 그 여정이 너무 기구한데 너무 멋있어서 멀미가 일렁였지만, 그녀의 절개는 본받아 마땅하다고 생각한다.

"조국의 독립을 위해 피를 흘려서 '혈녀'라는 이름을 얻었다. 앞으로 나는 윤혈녀다." 만세시위에 동참했던 윤혈녀의 나이는 열여덟. 꽃보다 아름다울 청춘이었다. 그 청춘들이 독립만세를 외쳤고 형을 살고 고문을 당하면서도 지지 않고 만세를 외치고 또 외쳐서 독립을 이뤄냈다. 일본 순사에게 머리를 맞아 시위현장에서 쓰러지던 최수향의 나이는 열네 살이었다. 지금이야 질풍노도의 절정이라 부르며 제멋대로 하는 게 허용되는 나이로 통하지만, 100년 전만 해도 열네 살은 어렸어도 어른이어야 했다.

빼앗긴 나라를 되찾기 위해 만세를 외친 사람들 그 중심에는 청소년이 있었다. 그들도 함께 이끌어낸 독립이고, 그들이 바꾼 세상이다. 지금의 세상은 100년 전과 다르게 평온하고 안전하며 호의적이다. 매 시대에 저항과 투쟁이 있었고 그렇게 일궈낸 독립과 민주주의 그리고 새로운 세상이다.

누군가는 청소년을 머리에 피도 안 마른 녀석들이 까분

다, 평가할 수도 있겠지만 모든 시대를 통틀어 세상을 바꾼 시위의 중심엔 청소년이 있었다는 사실을 잊지 않길 바란다.

여전히 청소년들이 세상을 바꿀 중심이니 그들의 의견과 가치관, 신념을 무시하지 말고 잘 들어주시길 간곡히 부탁드린다.

또한 청춘을 바쳐 나라를 지키고 나라를 위해 싸운 모든 열사분들께 존경을 표한다.

네 번째로 소개할 책은 『한입 코끼리』이다.

여덟 살 어린이 '나'가 어린왕자 속에서 나온 보아뱀과의 대화를 통해 세상을 이해하고, 알아가는 내용을 담은 소설이다.

보아뱀이 알려주는 인생은 쓰지만, 그 쓴 인생을 어떻게 달게 살아내야 하는지도 알려준다. 이를테면 이런 것 말이다.

"꼬마야, 열심히 하는 것도 좋지만 모든 이들이 그런 거로 행복해지진 않아. 그런 사람도 있고 아닌 사람도 있는 거야. 그러니까 열심히 살지 않는 삶이 무의미하다거나, 뭐 그런 판단은 쉽게 내리지

115

않는 게 좋아. 그렇게 생각해버리면 자기 삶을 살 수 없게 되지. 다른 사람의 가치가 내 가치가 되어버리니까. 혼란스러워지는 거야."

솔직히 처음 봤을 땐 감탄사만 나왔다. '그래! 내가 원한 조언은 이런 거야!' 하면서 너무 만족스러운 조언을 얻은 것 같았으니까. 이 책을 개인적으로 너무 좋아하고 소장하고 있을 정도로 애정하지만, 책마을해리 도서관에도 있길래 또 읽었다. 그 정도로 나는 이 책이 주는 조언과 위로들이 잘 와닿았다. 그래서 꼭 이 책을 청소년들에게 추천해주고 싶다. 이만큼 위로를 잘해주고 조언도 잘해주는 책은 드문 게 확실하니 말이다.

"다 안다고 다 잘 사는 것도 아니지. 다 안다고 다 할 수 있는 게 아닌 것처럼. 세상에는 몰라서 못하는 것보다, 알지만 못하는 게 더 많을지도 몰라." 이 말을 하는 보아뱀의 목소리가 다른 때보다 처연해서 그랬을까, 저 말이 굉장히 슬프게 들린 이유는.

너무 맞는 말인데, 너무 맞는 말이라 할 말을 잃는 느낌이었다. 명치 한 대를 얻어맞아도 덜 아플 정도로 명치에 멍이 든 채로 꼬챙이가 꽂힌 느낌이었다. "그래 나도 알아! 안다고!!" 반항하고 싶은 마음조차 의욕을 다 뺏겨버렸다. 나는 그냥 고요하게 묵묵히 고통을 먹으며 책을 읽었다. 아프다고 읽기를 멈추기엔 이 책은 정말 맛있으니까.

"긴 시간이 흘러 어른이 되었을 때, 나는 알게 되었다. 어른이 되어도 수용할 수 없고 이해할 수 없는 일들이 끝없이 생긴다는 것을. 이유를 알 수 없는 일들이 언제든지 얼마든지 일어나는 게 세상이라는 것을.

"너무 애쓰지 마. 삶은 절절한 허구야."

언젠가 잠이 든 내 머리맡에서 보아뱀은 혼잣말로 그렇게 중얼거렸다. 그때는 몰랐던 말의 의미를 알게 될 때, 심장 깊은 곳에서 차가운 바람이 불어온다. 그 바람이 혈관의 구석구석을 통과할 때, 문득 삶이 절절해진다."

여덟 살 어린이인 '나'가 전학생 백설이의 집을 찾아가 백설이의 이야기를 들어주고 무언가 허점이 가득 보이는 백설의 아버지와 밥을 먹고 선생님과 함께 집으로 돌아오며 한 생각이다. 보아뱀이 해준 말이 문득 그때 떠올랐다는 것은 백설이가 평범한 여덟 살들보다 상처가 많고 그 아버지가 짊어진 짐이 보통의 아버지들보다 무겁게 느껴져서이지 않을까.

청소년들이 자주 쓰던 말 중 "자살 마렵다"라는 말이 있었다. 그 말을 이해하기까지 그리 오랜 시간이 걸리지 않았다. 그들이 사는 세상이 그만큼 각박하기에. 실은 그들이 죽음과 관련된 말을 쓴 건 꽤 오래되었다. "한강 물 온도가 몇 도지?"라든지, "아 죽고 싶다"라든지, 이런 말을 제일 쉽고 많은 생각을 거치지 않고 뱉을 수 있는 나이, 청소년이 유일하지 않을까. 그런 그들에게 꼭 전하고 싶은 말이 있다. 물론 이것 역시, 삼백일흔 살 보아뱀이 해주는 말이다.

"꼬마야, 삶에는 끝이 없어. 죽은 다음에도, 살아 있는 사람의 기억으로 인해 누군가의 삶은 지속되는 거야."

다섯 번째 소개할 책은 『일상 감시 구역』이다.

　　내가 중점적으로 소개할 부분은 「살인게임」이다.

　　"지극히 평범한 사람이 결국 살인을 저지를 수밖에 없도록 하는 게임이라서 게임에 이겼을 때 더욱 흥분을 느꼈다. 아무리 착한 일반 시민도 상황에 따라 결국에는 살인을 저지를 수밖에 없다는 점, 그것을 그들이 유도했으니 마치 신이라도 된 기분을 느끼게 했다."

이 대목은 사람들이 살인게임을 하는 중점적인 요인이다.

내가 설정한 대로 게임 캐릭터들이 움직이고, 움직이는 캐

릭터들이 실존하는 인물들이라는 게 이들에게 카타르시스를 준다. 이게 위험하다는 걸 알고 있고, 비도덕적이고 윤리에 문제가 된다는 걸 알면서도 일종의 호기심과 잠깐이라는 안일함이 불러오는 참사는 굉장히 쉽게 이뤄진다는 걸 보여준다.

게임이라는 매체에 제일 많이 노출되어 있는 연령층은 단연 청소년이 제일 높을 것으로 예상된다. 게임이 친구를 사귀는 수단이 되기도 하고, 친구와 관계를 유지할 수 있는 도구가 되기도 하고, 스트레스를 풀 수 있는 취미가 되기도 하니, 쉽게 접속할 수 있고 그 안에서만큼은 위너이자 누군가가 동경하는 대상이 될 수 있다.

누가 봐도 윤리적으로 문제가 되는 게임이 베타프로그램 형식으로 출시된 게 아니라 유출된다면, 사회는 정말 아수라장이 되지 않을까. 게임과 현실을 착각해 현실에서 살인을 하는 경우도 생기는데, 실존 인물로 이루어진 게임에서 그 사람을 죽이거나, 그 사람이 사람을 죽이는 현장을 목격하게 된다면 현실에서도 이질감과 무언가 작위적인 느낌이 들 텐데 그 상태로 사회가 유지될 수 있을까? 라는 근본적인 의문을 갖고 쓴 것 같다는 느낌을 받았다.

사람들의 심리를 건드리고, 사람의 뇌를 조작해 만들어진 살인게임은 사람들이 얼마나 잔인하고 영악한 존재인지를 보여주는 하나의 도구에 불과하다. 세상은 빠른 속도로 발전하고 현재에도 살인은 꽤 쉬운 범죄가 되고 있다. 게임에서뿐만 아니라 현실에서도 살인은 그다지 어렵지 않다는 거다. 좋지 않은 세상이 훅 다가온 만큼 스스로의 감정을 다스리고 타인을 이해하는 관용이 필요하다. 개인주의적인 사회로 도래했고, 이제는 '같이', '함께'보다는 '혼자'가 트랜드이기도 하다.

  우리는 생각을 할 줄 아는 사람으로 태어났고, 사람은 존엄하다는 특징이 있다. 그것을 기억하고 서로 존중하고 배려하고 이해한다면 지금보다 좀 더 예쁘고 살기 좋은 세상이 되지 않을까 생각한다.

책마을해리 <휘의 서재 >

1. 지혜로운 멧돼지가 되기 위한 지침서/ 권정민/ 보림/ 2016

2. 선을 따라 걷는 아이/ 크리스틴 베젤 글, 알랭 코르크스 그림/ 김노엘라 역/
   꿈교출판사(평화를품은책)/ 2019

3. 우산을 쓰지 않는 시란 씨/ 다니카와 타로·국제엠네스티 글, 이세 히데코
   그림/ 김황 역/ 천개의바람/ 2017

4. 울지 마, 레몬트리/ 일리아 카스트로 글, 바루 그림/ 김현아 역/ 한울림어린
   이/ 2019

5. 자이, 자유를 찾은 아이/ 폴 티에스 글, 크리스토프 메를랭 그림/ 김태희
   역/ 사계절/ 2005

6. 나의 초록색 가족/ 토마 라바셰리/ 김지애 역/ 씨드북/ 2018

7. 용서의 정원/ 로런 톰프슨 글, 크리스티 헤일 그림/ 손성화 역/ 시공주니어/ 2018

8. 벽 너머/ 마리도 비알 글, 스테파니 마샬 그림/ 유진희 역/ 계수나무/ 2018

9. 숨바꼭질/ 김정선/ 사계절/ 2018

10. 파란 티셔츠의 여행/ 비르기트 프라더/ 엄혜숙 역/ 담푸스/ 2009

11. 이파라파냐무냐무/ 이지은/ 사계절/ 2020

12. 개와 고양이의 영웅 플릭스/ 토미 웅거러/ 이현정 역/ 비룡소/ 2004

13. 춤추고 싶어요/ 김대규/ 비룡소/ 2012

PHARMAKON

The precision of knowleage
The beauty of cure

보름살이 5

ⓒ 신은미

아이노아 마르티네즈(Ainhoa Martinez , 천리마)

스페인에 온 아이노아라고 한다. 1991년에 태어난 미술 작가인데, 홍익대학교에서 회화과에 대한 석사를 공부했다. 2021년 2월 졸업한 후 한국에서 지내면서 전시회를 준비하고 있다. 지금까지 보스턴, 스페인, 네덜란드, 한국에서 살았다. 여러 나라에 살면서 한국, 중국, 이탈리아, 스위스, 네덜란드, 스페인, 미국에서 회화, 사진, 조각, 설치 등 여러 집단 전시회에 참가할 수 있는 기회를 얻었다. 그리고 한국에서 생활하는 동안 주요 미술 프로젝트 '예전엔 미처 몰낫서요/ I did not really know before'로 네 번의 개인전을, 그리고 언어에 대한 분석에 대한 새로운 아트 프로젝트와 함께 다섯 번째 개인전 'The Journey Behind Reading'을 보여주었다.

한국에 5년째 살고 있다. 학부 논문을 한국 현대미술에 관해 쓰고 한국 미술에 대해서 더 알려고 한국에서 미술 석사 공부를 하고 싶다. 지금은 고창에서 전시를 준비하고 있다. 더 좋은 작가가 되기 위해서 새로운 철학적 주제나 이론을 분석하고 이를 현대적 문제와 혼합하면, 이 개념은 이후 일상적인 오브제에서 자주 표현되지만 미술적인 새로운 접근을 통해 개입될 것이다.